LE YEN DERO

Leyendas y relatos de misterio

Valentín Rincón

Leyendas y relatos de misterio

Ilustraciones de Alejandro Magallanes

NOS'
TRA
EDICIONES

Leyendero
Leyendas y relatos de misterio
Valentín Rincón

Primera edición: Producciones Sin Sentido Común, 2014

D.R. © 2014, Producciones Sin Sentido Común, S.A. de C.V.
    Avenida Revolución 1181, piso 7,
    colonia Merced Gómez,
    03930, México, D.F.

Texto © Valentín Rincón
Ilustraciones © Alejandro Magallanes

Con la colaboración en las ilustraciones del Taller de Alejandro Magallanes:
Ana Laura Alba, Abraham Bonilla, Martín Pech, Roberto Petiches,
Camila Szwarcberg, Marco Antonio del Toro y Bruno Valasse.

ISBN: 978-607-8237-40-1

Impreso en México

ÍNDICE

Cuentos y narraciones de misterio

INTRODUCCIÓN

*Este leyendero quiere ser un salvoconducto para entrar a un mundo mágico
lleno de historias que oscilan entre lo real y lo fantástico.
Contiene leyendas mexicanas, cuentos de mi propia creación
e historias narradas por amigos y parientes.
En todas ellas se respira una atmósfera de misterio.*

Las leyendas aquí incluidas están impregnadas con ese tinte lúgubre y a veces terrible que caracteriza a la mayor parte de esta veta de tradiciones mexicanas.

Muchos de los relatos están relacionados con aparecidos o con fantasmas.

Es de observar que no sólo en la provincia surgen las consejas: en la capital del país, habitantes de casonas viejas del Centro Histórico afirman haber visto surgir fantasmas de la penumbra. El *Leyendero* está salpicado del colorido propio de las creencias oscuras, las consejas y las supersticiones de nuestro pueblo. Nos cuenta historias románticas como la del Callejón del Beso, y sobrecogedoras como la de La Llorona.

El *Leyendero* está dirigido principalmente a jóvenes y adultos, con narraciones curiosas, misteriosas, o bien, aterradoras, de ésas que erizan el pelo. Los temas de estas narraciones, así como el lenguaje empleado en ellas, quizá no sean los más convenientes para los niños pequeños. Sin embargo, creo que ellos también pueden acceder a estas historias mediante un adulto que las pase por el tamiz de su juicio, se las lea o bien se las cuente con palabras sencillas.

*Entrar al mundo de las leyendas es como sumergirnos
en un mar de fantasía aparejada a veces con la realidad.*

Según María Moliner, leyenda significa "narración de sucesos fabulosos que se transmite por tradición como si fuesen históricos".[1]

Las leyendas pueden nacer de un hecho histórico, pero en ellas siempre predomina la fantasía.

Tal parece que el ser humano necesita creer en hechos sobrenaturales que, aunque no tengan una explicación racional, le brinden una respuesta a enigmas e interrogantes de su alma.

Antiguamente, las leyendas eran transmitidas de forma oral de una generación a otra y así perduraban y trascendían por siglos y milenios. Con la llegada de la imprenta comenzaron a plasmarse en el papel y a ser comunicadas también a través de la escritura. Más aún, con el surgimiento de los modernos medios de comunicación, las computadoras han acelerado la difusión de algunas de estas leyendas, no sin detrimento de la magia que les daba la transmisión oral, con su carga de romanticismo y exuberante fantasía.

Las leyendas, junto con las supersticiones que las matizan, se han ido perdiendo en algunos lugares, pues se han visto modificadas por el progreso y por la evolución de las creencias, circunstancias que, por cierto, contribuyen más a su desarraigo que los exorcismos del agua bendita.

Pero, ¿cómo surgieron las leyendas? Imaginemos una situación de comunicación cotidiana en nuestro medio.

En alguna acogedora reunión, quizás alrededor de una mesa o al calor de una fogata, dentro de la plática y exagerando un poco, alguien cuenta, por ejemplo, acerca de la vez en que caminando por una calle arbolada salió, quien sabe de dónde, un perro muy bravo y enorme que casi lo muerde. Tiempo después, otra persona de las que estuvieron en la reunión hace suya la aventura del perro y, a su vez, exagera: ya los sucesos tuvieron lugar en el monte, el perro creció, sus colmillos le sobresalían y sus ojos eran aterradoramente luminosos. Después de que ese encuentro con el perro pasa por cientos de narradores, éste ya es gigantesco y diabólico, sus aullidos son escalofriantes, sus ojos son dos brasas y, si te ataca, corres el riesgo de perder la vida. Habrá quien diga, incluso, que lo ha visto volar.

[1]   María Moliner, *Diccionario del uso del español (H-Z)*, México, Gredos, 1997, p. XX.

Es fascinante observar el proceso de cambio que experimentó un acontecimiento o un personaje, a través de infinidad de años, hasta volverse legendario.

Desde antes del siglo XIII, en Europa Central, se comunicaban de boca en boca historias de vampiros, brujas y hombres-lobo; sucesos de horror ancestral que se convirtieron en leyendas perfectamente vivas hasta hoy.

No podemos conocer a ciencia cierta el origen de cada leyenda. Sabemos que muchas de ellas comenzaron a gestarse a partir de la existencia real de los personajes que las protagonizan, cuyas características se fueron transfigurando hasta llegar, luego de siglos, a ser fabulosas. Sin embargo, hay casos cuya pertenencia a este grupo no puede asegurarse. Por ejemplo, se acepta la existencia antaño de Guillermo Tell, héroe legendario suizo, pero se duda, por falta de datos históricos, del paso real por este mundo de Robin Hood, intrépido y pintoresco ladrón de supuesto origen británico.

Las leyendas presentadas en este libro son mexicanas. Algunas quizá sean muy conocidas, pero quise dejar aquí huella de ellas para contribuir a su preservación y para el −esperado por mí− disfrute de los lectores.

Nuestras leyendas y otras tradiciones son tan importantes como la historia misma del país, porque la población cree en ellas y son parte de su identidad.

Personajes legendarios

En este capítulo se narra acerca de algunos seres que han perdurado en la memoria colectiva de los pueblos, y de quienes se dicen historias variadas e impresionantes, unas más aceptadas y difundidas que otras.

Cuentos y narraciones de misterio

En esta parte incluí cuentos míos; relatos, a veces anecdóticos, escuchados de otras personas; así como minificciones o cuentos brevísimos.

De niños, expectantes y fascinados, nos acercábamos a nuestros mayores para escuchar historias de aparecidos. A su vez, los narradores recordaban las consejas que cuando muchachos oyeron de sus ascendientes, quienes muchas veces decían haber conocido a los que las habían vivido. Dudábamos de la veracidad de estos relatos, pero nos emocionábamos con su misterio. Algunos de ellos quedaron plasmados en este leyendero.

De adultos disfrutamos, tal vez de otra manera, de estas narraciones, ya sean orales o escritas.

La literatura de misterio requiere del lector cierto grado de imaginación, fantasía y capacidad de evasión voluntaria del acontecer cotidiano.

Agradezco enorme y encarecidamente a mis hijos Andrés Rincón y Jazmín Rincón, a mi hermana Gilda Rincón y a mi compañera Cuca Serratos por las valiosísimas observaciones que me hicieron después de haber leído el texto original de este trabajo.

NDAS

La Almidonada

Los aparecidos suelen ser seres nefastos y horrorosos, pero también se cuenta de criaturas fantasmales inclinadas a ayudar y servir, y que, incluso, lucen perfectamente acicaladas cuando surgen de las tinieblas.

Desde el surgimiento del Hospital Juárez, a mediados del siglo XIX, hasta nuestros días, quienes han laborado en él o son sus conocedores cuentan de una misteriosa enfermera que se aparece por las noches y atiende a ciertos enfermos.

Pero, para comprender mejor estos sucesos, echemos un vistazo al pasado y remontémonos al nacimiento mismo de este longevo nosocomio, ya que desde ese entonces surgió la leyenda de la enigmática enfermera.

En verdad es interesante la historia del Hospital Juárez: en 1847, cuando se dieron las batallas de Lomas de Padierna y Churubusco originadas por la invasión estadounidense a México, hubo necesidad de atender a multitud de heridos y se decidió que la Parroquia de San Pablo, una de las

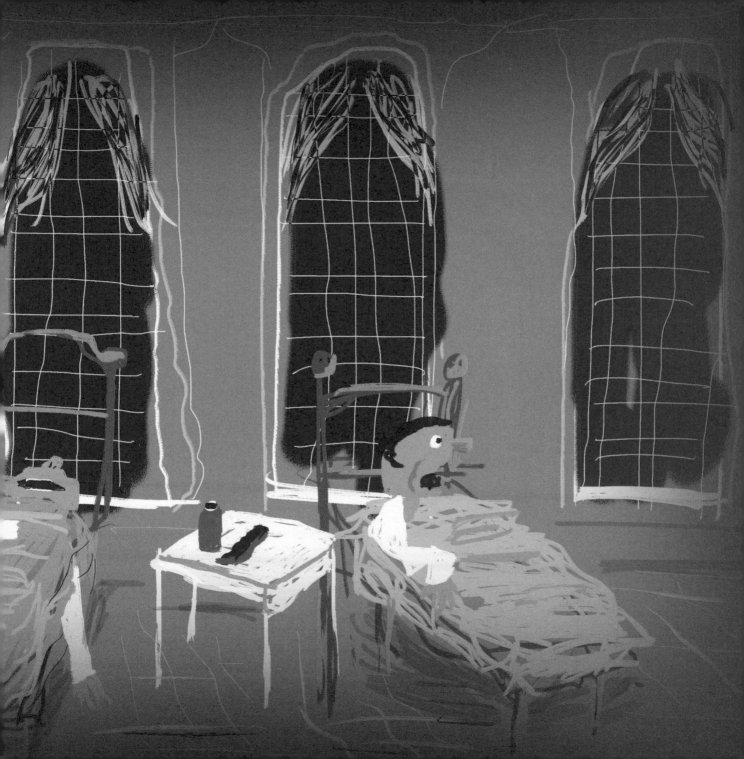

primeras iglesias de la Nueva España y que a la sazón prestaba una parte de sus edificaciones para guardar armas del ejército, se convirtiera en hospital de sangre o, dicho de otro modo, en un hospital muy cercano al campo de batalla para poder dar rápido auxilio a los heridos de ambos bandos.

Con el fin de habilitar las instalaciones de la parroquia, a la que también se le llamaba Convento de San Pablo, se utilizó la madera de una plaza de toros cercana al lugar y con ella se armaron camastros. Asimismo, se consiguieron los elementales instrumentos médicos y medicinas necesarios para proporcionar los primeros auxilios. Al principio sólo hubo dos médicos, uno de ellos sacerdote y otro practicante. Las primeras enfermeras fueron monjas de la congregación Hermanas de la Caridad.

A este incipiente hospital se le llamó Hospital Municipal de San Pablo.

Había mucho trabajo y poco personal. Era tal el esfuerzo que hacían las diligentes y sufridas enfermeras que se quedaban dormidas, vencidas por el cansancio; y cuando despertaban y pensaban que a algún paciente no le habían suministrado a tiempo su medicamento o habían omitido algún cuidado para él, corrían a subsanar la falla, pero resultaba que al llegar con el paciente, éste decía que ya le habían dado la atención o el medicamento que las apuradas enfermeras creían haber omitido. "Pero ¿quién te lo dio?", preguntaba alguna de ellas, y el paciente contestaba que una enfermera muy amable, rubia, cuidadosamente arreglada y portadora de un uniforme blanco muy almidonado.

Extrañamente, entre el personal de enfermería registrado no había nadie con esas características. Hubo enfermeras que relataron que cuando se quedaban dormidas y llegaba la hora de administrar alguna medicina, eran despertadas con una palmada en la espalda; volteaban y no había nadie. "Fue La Almidonada", comentaba alguien. Asimismo, hay quienes refieren que ya muy entrada la noche han visto surgir, no se sabe de dónde, a la enfermera rubia del uniforme bien planchado que llega hasta los enfermos terminales y les brinda compasivo consuelo.

Parece que estos sucesos se han repetido profusamente.

Al paso de los años, el hospital fue cuna de acontecimientos trascendentales; por ejemplo, en 1860 se practicó en él la primera transfusión de sangre que se hiciera en México; en 1872, tras la muerte de Benito Juárez y en su honor, a la institución se le llamó Hospital Juárez, y en 1896 se fundó ahí el primer banco de sangre del país.

Durante toda la historia del hospital, a cuya estructura se le hicieron diversas reconstrucciones, se conservaron, sin embargo, los edificios coloniales que le dan su sabor antiguo.

En 1970 se inauguró su torre de hospitalización, que fue derrumbada por la fuerza del sismo de 1985. Nuevamente, el hospital se impregnó de sangre de mexicanos, esta vez de trabajadores.

En el transcurso de todos estos años, la presencia fantasmal de la enfermera acicalada que atiende a los enfermos se ha mantenido en la creencia de muchos trabajadores, enfermeras y médicos que, de diferentes maneras, cuentan experiencias sobrenaturales. A esta singular aparición, como ya mencionamos, la llaman La Almidonada.

Hay quien explica esta presencia relatando que hace muchos años, cuando empezó a funcionar el hospital, allá en el siglo XIX, hubo una enfermera muy estricta y rigurosamente puntual que vestía impecablemente y usaba siempre un uniforme planchadísimo; pero tenía pésimo carácter y trataba mal a los enfermos: les aventaba las medicinas, les gritaba y, de una u otra forma, los hacía sentir mal. La llamaban La Almidonada. Después de su muerte, según relatan, su alma quedó vagando por el hospital, y llevada por el arrepentimiento, y para compensar el mal que otrora hiciera a los enfermos, se manifiesta y prodiga las amorosas atenciones que en vida no ofreció.

LA ALMIDONADA FANTASMAL[2]

¿Quién era esa enfermera que lucía
impoluto uniforme almidonado
con gran esmero y primor planchado
y en el viejo hospital se aparecía;

que a los pobres pacientes atendía
con eficiencia y especial cuidado
si en nocturno bregar, rudo y callado,
agobiada enfermera se dormía?

¿Quién era esa mujer?; ¿era alma
en pena?;
¿era flor por la vida desechada?
¿Quién era esa visión acicalada
que así purgaba singular condena?

<hr>

[2]   Poema presentado en un concurso en los años setenta del siglo pasado.

Hay quien está convencido de que una promesa religiosa incumplida puede dar origen a un castigo ejemplar o a que el alma de algún olvidadizo difunto vague penando por las calles.

A principios del siglo XVII tuvo lugar en México un suceso digno de ser relatado. Don Tristán de Alzúcer y su hijo del mismo nombre, provenientes de Filipinas, llegaron a México y escogieron para vivir una estrecha y apartada calleja. Ahí establecieron una pequeña abarrotería de la que obtenían ingresos suficientes para vivir modestamente. Un día Tristán hijo viajó a Veracruz y a otras ciudades de la costa del sureste para conseguir mercaderías, pues él y su padre planeaban ampliar el negocio. Estando por esas tierras tropicales, el joven enfermó de tal gravedad que temió morir. Don Tristán, al saber la crítica situación de su hijo, prometió a la Virgen de Guadalupe que si éste sanaba, iría a pie hasta el santuario en acción de gracias. Al fin, el joven superó sus males y sobrevivió.

Al paso del tiempo, don Tristán olvidó su promesa; pero su conciencia, de cuando en cuando, le hacía serios reproches.

Don Tristán de Alzúcer era amigo del arzobispo Fray García de Santa María Mendoza y, tratando de aliviarse de sus remordimientos, lo fue a visitar y le relató el problema que le aquejaba.

El clérigo, después de haber escuchado los sucesos, no vio en ellos gravedad alguna, por lo que dispensó la promesa hecha por su amigo y sólo le impuso el rezo de un Padre Nuestro y un Ave María. Don Tristán salió aliviado y tranquilo y, una vez que cumplió con la pequeña sanción impuesta por su amigo, no volvió a recordar el asunto.

Una mañana en que el arzobispo regresaba del Santuario de Guadalupe, adonde como todos los días 12 había ido a celebrar misa, por la calle de La Misericordia encontró a su amigo Alzúcer vestido con un sudario blanco y portando una vela encendida, quien con voz cavernosa le dijo que iba a cumplir la promesa, pues de lo contrario Dios nunca lo perdonaría.

El arzobispo quedó sumamente impresionado al ver a aquel penitente lleno de tristeza, el rostro teñido de una palidez mortal, y las manos heladas y flácidas, tanto que más le pareció un cadáver que un ser viviente. Muy preocupado, ya en su aposento, después de reflexionar decidió ir de inmediato a casa de su amigo para disipar sus dudas.

Lo que vio lo llenó de consternación: ahí, entre cuatro cirios, en un ataúd, estaba el cadáver de don Tristán Alzúcer, con el mismo semblante sepulcral con que lo viera en la calle de La Misericordia, y cruzadas las manos sobre el pecho. A sus pies el joven Tristán lloraba la muerte repentina de su progenitor.

El hijo le comentó al religioso que su padre había muerto al amanecer. De aquí dedujo el prelado que había hablado con un difunto, por lo que, aterrorizado y arrepentido de haber disuadido a su amigo de cumplir su promesa, se hincó y rezó fervorosamente en compañía de los familiares y amigos de don Tristán que rodeaban el féretro.

Entre los vecinos de la calle de La Misericordia y sus cercanías corrió la noticia de aquel acontecimiento sobrenatural, y se esparció también el rumor de que por las noches, al dar las doce, el muerto, envuelto en un amplio sudario blanco y con una vela amarillenta en la mano, deambulaba por el callejón rezando de manera fervorosa y concentrada.

Por muchos años llamaron a esta calle el Callejón del Muerto, y aunque la casa de don Tristán desapareció el pueblo siguió nombrándola así. Hoy, siglos después de aquellos acontecimientos, se llama República Dominicana.

El Callejón del Beso

La ciudad de Guanajuato, a partir del siglo XVI,
con su peculiar arquitectura caracterizada por calles estrechas,
sinuosas y enmarcadas por altas y viejas paredes,
y su conocida tradición minera que habla de oro
y piedras preciosas guardados en las entrañas de sus tierras,
ha propiciado el surgimiento de mitos y leyendas.
De estas últimas, una de las más apreciadas e impresionantes,
por su tinte de romanticismo y tragedia —que bien podría haber
inspirado a Shakespeare— es la del Callejón del Beso.

Se cuenta que en la época de la Colonia, una hermosa muchacha llamada Carmen, hija de españoles acaudalados, y un joven trabajador de las minas, de nombre Carlos, se enamoraron profundamente.

El padre de Carmen, un hombre posesivo y avaricioso, tenía la secreta intención de casar a su hija con un noble español viejo y rico a quien conocía para, de esta manera, incrementar su patrimonio. De acuerdo con estas mezquinas intenciones mantenía a la muchacha casi aislada de la sociedad.

En aquel entonces la diferencia de clases era extremadamente marcada y la discriminación sentaba sus reales. Por lo mismo, eran muy mal vistas las relaciones entre personas de diferente alcurnia. El padre de Carmen, intransigente y violento, al enterarse del amor que su hija profesaba a un hombre pobre, montó en cólera y le prohibió ver más a su enamorado.

Sin embargo, los jóvenes se dieron maña para continuar su relación y, con la complicidad de doña Brígida, dama de compañía de Carmen, se veían secretamente en cierta iglesia a la que ambos acudían. Ahí intercambiaban intensas miradas y elocuentes cartas y, aunque fuera sólo por breves momentos, se acercaban el uno al otro.

El padre de Carmen, siempre celoso vigilante de su hija, se enteró de estos encuentros y, tras ponerse vivamente colérico, tomó la decisión de encerrarla y advertirle: "Si te vuelvo a ver con ese plebeyo, soy capaz de matarte".

Carmen, abatida por estos hechos y con el auxilio de Brígida, su fiel dama de compañía, envió a Carlos una misiva relatando la situación. El joven minero, al conocer aquellos nefastos sucesos, se sintió casi morir de pesar; pero, alentado por la pasión, empezó a idear artificios para ver a su adorada. Observó que la casa de Carmen estaba situada en un estrecho callejón; tan angosto, que el balcón de la parte alta de la casa y el balcón de la de enfrente distaban entre sí menos de un metro. Entonces a Carlos se le ocurrió que si lograba entrar en la casa de enfrente, de balcón a balcón podría comunicarse con su amada. Indagó quién era el propietario de dicha casa y logró convencerlo de que se la vendiera, decidido a pagar el precio que fuera.

Desde sus primeros trabajos, pagados en especie, es decir en oro, el minero había conservado una pequeña porción de este precioso metal, pero tal patrimonio no le alcanzaba para comprar la casa. Entonces pidió dinero prestado a un amigo que había logrado cierta prosperidad en el negocio de las minas. Aun con el préstamo de su amigo el dinero no le alcanzaba para realizar su propósito. Pidió entonces a su patrón un anticipo de su salario. Su patrón le prestó el dinero necesario para completar el precio de la casa, pero a cambio, Carlos tuvo que firmar un documento por el que se obligaba a trabajar sin salario por varios años.

De esta manera pudo cubrir el precio y adquirir la casa situada frente a la de su amada.

Supo, por dicho de Brígida, que la habitación en que permanccía recluida su adorada era precisamente la que tenía su balcón cercano al de la casa de enfrente, ahora suya.

A partir de ese momento, los dos jóvenes empezaron a reunirse y a expresarse vehementemente su amor, por las noches, de balcón a balcón.

Una noche, cuando estaban los jóvenes platicando plácidamente en sus balcones, atropellando bruscamente a Brígida que quiso detenerlo, irrumpió en la habitación el padre de Carmen con una daga en la mano. Imbuido de furia y en un acto de feroz violencia, clavó el arma en el pecho de su hija, exclamando: "¡Te lo advertí!" Carlos enmudeció de estupor y sólo acertó a depositar en la mano, ya sin vida, de su amada que tenía entre las suyas, un apasionado beso.

Se cuenta que el joven minero no soportó vivir sin el amor de su amada y que se suicidó arrojándose desde el brocal de la mina de La Valenciana.

Al estrecho callejón, desde entonces, se le nombra El Callejón del Beso. Actualmente, infinidad de personas visitan este romántico paraje guanajuatense y los lugareños les hacen saber de ciertas supersticiones que han nacido en torno a su leyenda, las cuales atañen solamente a parejas: se asegura que el besarse en las escaleras del callejón augura felicidad por siete años para los enamorados, mientras que el no hacerlo pronostica mala suerte durante siete años.

"Quienes alquilaban la casona, al poco se arrepentían y me devolvían las llaves. Al pedirles yo explicación, me decían que allí el ambiente era lóbrego y que los espantaban." Según algunas creencias, hay almas que penan en tanto no cumplan un deber religioso.

Esta leyenda se originó a finales del siglo XIX, en la ciudad de San Cristóbal de las Casas, Chiapas, en un antiguo barrio en el que vivía un anciano sacerdote, que gozaba de una fama bien ganada de hombre sabio, justo y ejemplar en su apostolado.

A altas horas de una noche fría de invierno, el clérigo fue despertado por insistentes aldabonazos en la puerta de su casa. Pudo escuchar las palabras que por muchos años había oído de su sacristán: "Sí está, pero voy a ver si puede ir". Comprendió entonces que, como siempre ocurría, se trataba de la necesidad de confesión

de alguien que estaba gravemente enfermo o herido. De inmediato se incorporó. Empezaba a vestirse cuando escuchó de nuevo la voz de Pedro, el sacristán, que confirmaba lo que él había inferido. "Enseguida salgo", dijo el sacerdote.

En aquellos tiempos, un ministro de la iglesia casi invariablemente acudía al llamado de algún creyente que, al advertir la inminencia de su muerte, sentía la necesidad de confesar sus pecados.

Al salir a la calle, el sacerdote se encontró con un hombre desconocido, ataviado con una capa española muy vieja y raída que le cubría casi la totalidad del rostro; era quien lo conduciría al lugar de destino. El sacerdote, al dar las buenas noches, notó que el hombre le contestó con voz ronca y casi inaudible.

El anciano echó llave a su puerta y esperó a que el desconocido le indicara el rumbo a seguir. Éste con un ademán se lo señaló y echaron a andar rápidamente. Recorrieron varias cuadras sin cruzar palabra alguna. El padre atribuyó al frío la actitud taciturna de su acompañante, quien, para mostrar el rumbo que debían tomar, sólo se adelantaba un poco cuando iban a llegar a una esquina donde debían dar la vuelta y hacía una breve señal.

Llegaron a una casa antigua cuyo portón enmarcaban dos columnas. El embozado guía, con una llave grande y oxidada que llevaba y que hizo girar ruidosamente en la cerradura, abrió el portón. Con ademán respetuoso hizo pasar al sacerdote, después se adelantó y continuó mostrándole el camino. El eclesiástico lo siguió por largos pasillos oscuros, con pilares de madera que despedían olor a humedad; se veían muebles y cuadros polvosos, y se percibía una atmósfera un tanto siniestra.

Avanzaron hasta llegar a una recámara cuya puerta estaba entreabierta y dejaba pasar una luz leve; entró el sacerdote y caminó hasta el lecho –único mueble de la estancia– en el que yacía un individuo extremadamente pálido, al parecer moribundo, que lo miraba con los ojos muy abiertos.

El padre se sentó a la orilla de la cama y, después de algunas palabras de consuelo y aliento al enfermo, dio inicio al ritual de la confesión. Con dificultad escuchaba los pecados confesados, pues el moribundo hablaba con voz sumamente débil y cansada. Cuando éste terminó de referir sus culpas, el religioso le señaló las oraciones que, como penitencia, debía rezar. Después de ofrecerle nuevas frases reconfortantes, el sacerdote se despidió de aquel hombre que parecía estar a punto de dejar esta vida.

Al salir de aquella casa, de la misma forma que cuando salió de la suya, lo esperaba el embozado sin bajar su vieja capa que casi le cubría el rostro. Desandaron el camino sin cruzar palabra alguna. El bondadoso anciano compadecía igualmente al agonizante y al silencioso ser que en ese momento lo acompañaba, atribuyendo ahora su mutismo a la pena que seguramente lo embargaba.

Llegaron a la casa del confesor y, después de abrir la puerta, le pareció a éste que su guía, con su queda y ronca voz, le decía: "Buenas noches".

Al día siguiente, acompañado de Pedro, fue a la iglesia a oficiar las misas. Cuando volvió a su casa, en cierto momento, quiso rezar algunas oraciones. Tenía la arraigada costumbre de dejar su misal en un buró cercano a su lecho, para así poder disponer prontamente de él, pero esta vez el libro no estaba ahí. Lo buscó inútilmente en gavetas, libreros y debajo de algunos papeles. El misal no apareció. Preguntó al fiel Pedro si lo había visto, y la respuesta fue negativa.

El padre se sentía extrañado y confuso, pero de pronto recordó que la noche anterior, cuando acudió a confesar a aquel moribundo, llevaba

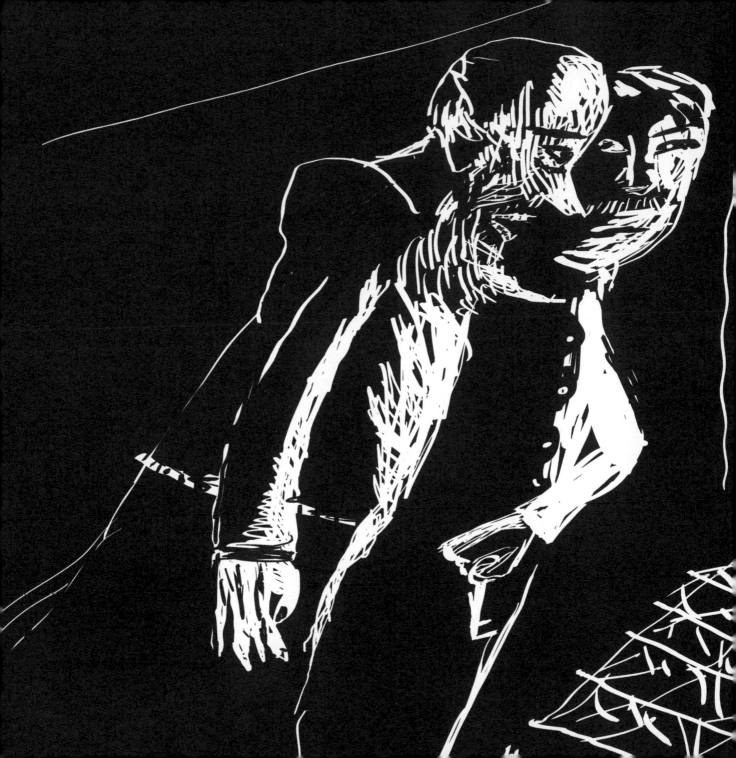

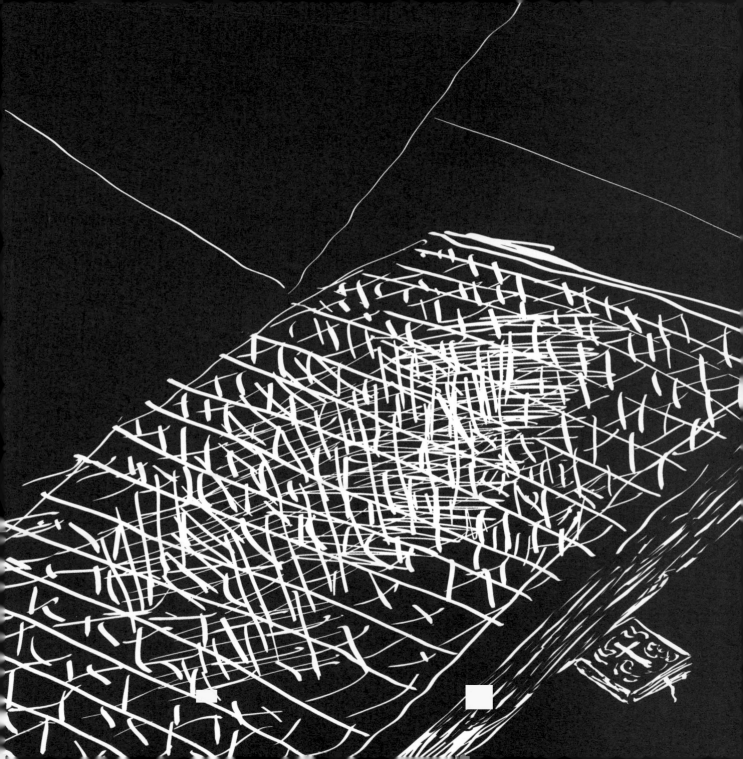

consigo el misal. Dedujo entonces que lo había olvidado en aquella vieja casona. Decidió volver al lugar, recuperar el misal y, si aún era tiempo, brindar consuelo al pobre enfermo que ahí estaría postrado. De inmediato tomó su sombrero, salió a la calle y emprendió el recorrido que hiciera la noche anterior. Llegó al portón enmarcado por las dos grandes columnas e hizo sonar el aldabón; después de esperar y ver que no le abrían, volvió a tocar, esta vez con más fuerza. Tras nueva espera, y viendo que nadie acudía a su llamado, tocó esta vez con la mayor energía que le permitían sus fuerzas; esperó y sólo tuvo como respuesta el silencio.

Un chamaco, que jugaba por ahí cerca con varios amigos, al ver lo que pasaba, con frescura le dijo al padre: "En esa casa no vive nadie". El sacerdote, incrédulo, pensó: "Eso no es verdad, porque es indudable que yo vine aquí ayer". Una mujer humilde, que al pasar observó la escena, dijo al padre: "Padre, es cierto, esa casa está deshabitada desde hace mucho tiempo" y, con voz algo apagada, agregó: "Dicen que ahí espantan". El clérigo refirió a la mujer su visita anterior y la razón de su presencia ahí de nueva cuenta, y observó entonces que la mujer, al oírlo, se había puesto pálida y sus ojos se habían agrandado de asombro y miedo. Dijo la buena mujer que quizá el sacerdote se había equivocado de casa, y le sugirió ir a hablar con el propietario de la vieja mansión. El cura aceptó, pensando que así aclararía, de una vez por todas, la inesperada situación.

La mujer condujo al sacerdote y, unos pasos adelante, llegaron al caserón donde vivía el dueño de la casa antigua; aquélla hizo sonar fuertemente la aldaba en la puerta de madera y, sin despedirse siquiera, se retiró apresuradamente.

Momentos después, salió el dueño, quien, al reconocer al párroco, lo saludó con respeto. Después de escuchar atentamente la explicación que este último le formuló acerca de los motivos de su visita y, consecuentemente, el relato de la misión que había cumplido la noche anterior, el propietario, extrañado pero con tono seguro, afirmó que eso era imposible, pues la casa no tenía inquilinos desde hacía muchos años. Además refirió: "Quienes la alquilaban, al poco se arrepentían y me devolvían las llaves. Al pedirles yo explicación, me decían que ahí el ambiente era lóbrego y que los espantaban. Incluso preferían perder la renta adelantada que me habían dado, con tal de no seguir en esa casa. Esto ocurrió tantas veces, que se corrió el rumor de que esa vieja mansión colonial estaba 'embrujada' y que en ella moraban almas en pena. Por estos motivos, hace muchos años que no la he podido alquilar y está deshabitada".

El párroco, a pesar de sus dudas y confusiones, volvió a afirmar que la noche anterior había escuchado en esa casa la confesión de un moribundo y que pensaba, además, que en ese lugar había olvidado su misal.

El propietario, tomando un llavero con una llave antigua y bella, para tranquilizar al anciano y a la vez mostrarle su equivocación, ofreció ir a la casa y enseñársela por dentro. El padre aceptó complacido y fueron al lugar. Al llegar al portón enmarcado por las columnas, el sacerdote afirmó: "Estoy ahora convencido de que éste y no otro es el lugar que visité anoche y dentro está la habitación donde se encontraba el pobre enfermo al que consolé y cuya confesión escuché". Traspusieron el umbral, recorrieron los lúgubres pasillos, llegaron a la habitación mencionada por el clérigo y entraron. Ahí estaba la cama, pero cubierta de polvo y con sólo un petate descolorido, raído y casi deshecho encima.

El clérigo se quedó anonadado; el propietario suavemente preguntó: "¿Se convence usted ahora, padre?" El religioso no sabía qué contestar, cuando de pronto sus ojos brillaron y se abrieron asombrados: al pie de la cama estaba el misal olvidado.

*Hay leyendas chiapanecas que asocian las piedras blancas
de las laderas de las colinas con ovejas blancas.
Éstas se convierten en aquéllas y viceversa.
Así, Rosario Castellanos en su novela* Oficio de tinieblas
*nos cuenta que, hace muchos años, San Juan, el Fiador,
al ver la suavidad de las colinas del valle de Chamula,
quiso ser ahí reverenciado. "Y para que no hubiera de faltar
con qué construir su iglesia y para que su iglesia fuera blanca,
San Juan transformó en piedras a todas las ovejas blancas
de los rebaños que pacían en aquel paraje."* [3]

Con reminiscencias de lo narrado por Rosario Castellanos, existe la leyenda relacionada con la iglesia de Chamula, que nos habla de un brujo negro que tenía poderes extraordinarios: era sumamente fuerte, e inmune a heridas de flecha, lanza o cualquier otro proyectil, por lo que se le creía inmortal; con sólo desearlo era capaz de causar la muerte de alguno de sus enemigos y, por supuesto, era temido y respetado por los lugareños.

Los indios tzotziles de Chamula, también llamados chamulas, de suyo sensibles y místicos, carecían de una iglesia y sentían profunda necesidad de ella; sin embargo, no tenían los materiales para construirla. Las piedras de las colinas estaban lejos y ellos no contaban con medios para acarrearlas

[3]   Rosario Castellanos, *Oficio de tinieblas*, México, Planeta-Conaculta, 1962, p. 9.

hasta su terruño. Entonces decidieron pedir ayuda al brujo negro. Él aceptó auxiliarlos y, sin más, empezó a caminar seguido en silencio por muchos intrigados chamulas. Al llegar a una pequeña planicie situada a un lado de la cabecera del pueblo, se detuvo, empezó a girar lentamente sobre sí mismo y a emitir sonoros silbidos que llegaban hasta las montañas y volvían en forma de eco.

Los indígenas, maravillados, veían cómo a cada silbido varias piedras de las laderas que lo *oían* se empezaban a mover y se convertían en carneros: las piedras negras en carneros negros y las blancas en carneros blancos. Con presteza bajaban de las colinas y se iban congregando frente al brujo. De pronto un carnero negro saltó y, al caer, volvió a ser una piedra negra. Los demás carneros saltaron también y uno por uno iban volviendo a su condición pétrea. Bajaban nuevos carneros provenientes de las montañas y, tras ejecutar el brinco ritual, se convertían en piedras. Al poco, frente al brujo y a los asombrados tzotziles había un gran montón de piedras que más tarde sirvieron para construir las paredes del templo católico de San Juan, en Chamula.

*Según tradiciones populares, no sólo
los seres vivos al morir pueden engendrar entes
espectrales: un objeto inanimado, al paso
del tiempo y en ciertas circunstancias, puede
adquirir características sobrenaturales.*

La construcción de la catedral de Santo Domingo, allá en Chiapa de Corzo, ciudad fundada por los españoles en 1528, se concluyó en 1572. En ese entonces, según se cuenta, los religiosos y los feligreses encargaron la fabricación de dos campanas, dignas del magnífico campanario que el templo tenía, a unos reconocidos fundidores que radicaban en la ciudad de Guatemala.

La aleación que los artesanos guatemaltecos usaron para moldear las campanas fue de cobre, bronce y oro. Los fundidores dejaron grabado en la Campana Mayor el nombre de Teresa de Jesús y su badajo lo hicieron de oro.

Una vez construidas las campanas, una comisión emprendió la tarea de transportarlas de Guatemala a Chiapa de Corzo. Una de las dos campanas era enorme y la otra un poco menor. En aquella época no había medios adecuados

de transporte ni carreteras, y el acarreo de las campanas fue toda una hazaña que duró varios meses. Los heroicos transportadores de aquellas moles las llevaron a través de serranías, valles, selvas, pantanos y ríos.

Ya en territorio chiapaneco, al cruzar el río Grijalva, el más caudaloso de México, lo hicieron por un lugar estrecho del río llamado La Angostura. Ahí tuvieron un percance serio: las amarras que sujetaban la campana más chica se soltaron y ésta cayó al río. En el lugar donde cayó, de inmediato surgió un descomunal remolino y enseguida se formó una laguna a la que más tarde pusieron el nombre de Chuquiyaca. Al comprender que era imposible rescatar la campana de aquellas profundidades, la comisión siguió su camino hacia Chiapa de Corzo llevando sólo la campana grande.

Subir esta campana a la catedral fue otra hazaña: se construyó para ello una rampa de madera de cuadra y media, se usaron rodillos de madera muy dura, y la fuerza y pericia de muchos hombres. Por fin quedó instalada la Campana Mayor en el campanario de la catedral de Santo Domingo y, al hacerla sonar, sus tañidos se escucharon desde muy distantes lugares.

Se sabe que el badajo que tiene actualmente ya no es el de oro sino uno de hierro, pues un sacerdote tuvo a bien llevarse el original. Por esta razón, la sonoridad de la campana disminuyó considerablemente.

La leyenda dice que la campana que se fue a las profundidades del río Grijalva repica desde ahí y su canto se escucha por los alrededores y hasta alejados parajes; sobre todo, a media noche y cuando hay luna llena. Hoy día esta campana, compañera de los peces, que lanza desde las profundidades su canto, es nombrada la Campana de Agua.

Se cree que un animal
puede albergar en su alma tal coraje,
que puede trasponer el umbral de la muerte.

Se cuenta que cuando surgió el pueblo ganadero de Juárez, al norte de Chiapas, la primera finca grande que ahí hubo fue la de un señor llamado Julián Méndez.

Este señor era rico, poderoso y soberbio. Le gustaba que lo admiraran y por ello ofrecía a sus conocidos ostentosas fiestas con música y abundantes bebidas alcohólicas. En su finca había un pequeño ruedo en el que organizaba toreadas y novilladas.

En una de aquellas fiestas, ya con copas de más y para lucirse ante sus amigos, quiso torear a Pintado, un toro fuerte y hermoso, para lo cual ordenó que lo echaran al ruedo.

El primer capotazo fue bueno y premiado con un sonoro: "¡Oleee!", pero en el segundo lance, el arrogante toreador sufrió la embestida de Pintado

y tuvo que ser ayudado por algunos amigos que entraron al quite. El torero se vio obligado a emprender ridícula huida. La herida en el muslo era leve, mas no así la del orgullo, que era profunda.

A partir de entonces, a Julián le nació un miedo agudo a los toros, al grado de que vendió todos los que poseía, excepto a Pintado, hacia el cual generó un odio irracional y un deseo de venganza.

Poco después de estos sucesos, mandó encerrar a la noble bestia en un estrecho corral, y con una lanza la hirió en múltiples ocasiones hasta hacerla sangrar en abundancia. Después desenfundó su pistola y disparó varias veces contra el animal, con intención de hacerlo sufrir antes de causarle la muerte, y por fin, vio caer sin vida al indefenso animal.

Un día recibió la noticia de la muerte de su hermano. Éste, de nombre Genaro, tenía una hija llamada Estela, y ambos constituían su única familia. Tal noticia lo consternó, pero a la vez le alegraba saber que su sobrina, por designios de Genaro, iría a vivir con él al rancho: Estela era una hermosísima joven a quien Julián miraba con ojos de deseo.

Una vez pasadas las ceremonias luctuosas, Estela efectivamente se fue a vivir con su tío Julián. Él la pretendía con insistencia y ella lo rechazaba. No sólo eso, sino que la joven al poco se enamoró del mayoral. Esto disgustó sobremanera a Julián, quien urdió un plan para deshacerse de él y poder realizar sus deseos: le mandó poner subrepticiamente en su habitación unas joyas y lo acusó de robo. Esta malévola maquinación le funcionó y el mayoral fue a prisión injustamente.

La joven se enfrentó con su tío y le reprochó haber maquinado tan ruin acción. Julián, después de rechazar cínicamente la acusación de su sobrina, quiso seducirla. Ella se defendió, propinó un golpe a su tío, montó un caballo y huyó. Julián, enseguida, montó otro caballo y fue tras ella. La alcanzó, la tiró del caballo y trató de violarla. La joven gritaba pidiendo auxilio, pero los peones, testigos de aquellos violentos acontecimientos, no intervenían por el gran temor que su patrón les inspiraba. Cuando la muchacha parecía dominada por su tío, ocurrió algo inesperado: de una cueva cercana, ante la mirada atónita de los presentes, salió bufando el toro Pintado. Julián quiso huir, pero el toro, lleno de furia, lo embistió y lo privó de la vida. Después corrió hasta perderse en el horizonte.

Poco tiempo después, la calumnia del robo de joyas se aclaró. Un trabajador declaró que, por instrucciones de don Julián, había introducido las joyas en la habitación del mayoral.

Se cuenta, allá en Juárez, que en noches de luna llena se ve la silueta de Pintado desplazarse por la llanura.

Hay relatos tradicionales cruentos y terribles de los que se dice, en un sentido metafórico, que son descarnados. Pero hay otros en los que aparece algún personaje descarnado, en el sentido literal de la palabra.

Se cuenta que en una aldea chiapaneca de la región de Yajalón, hace tiempo, la gente vivía temerosa debido a las apariciones de un espanto. Varias personas referían que en la noche, ya muy tarde, oían primero un ruido espeluznante como de chocar de huesos y después veían a lo lejos un esqueleto que se desplazaba lentamente y por momentos desaparecía para, a los pocos segundos, aparecer de nuevo. Algunos lugareños relataban que lo habían visto surgir cerca del nacimiento del río y otros se habían percatado de que volvía a ese mismo lugar, y por ahí lo perdían de vista. Parecía que ese macabro ser, después de recorrer algunas calles del pueblo, volvía a las cercanías del nacimiento del río y se esfumaba en medio de una bruma espesa.

Un valeroso joven, de nombre Eulalio, decidió desentrañar el misterio del esqueleto viviente. Una noche de luna llena, al filo de las doce,

acudió a las cercanías del nacimiento del río. Después de hacer un recorrido tomando al azar cualquier rumbo, escuchó unos pasos que se aproximaban por una vereda. Se escondió atrás de unos arbustos; desde ahí, extrañado, pudo ver que quien se aproximaba era cierta joven del pueblo llamada Tomasa, famosa por su belleza y por su facilidad para hacer perder la cabeza a los muchachos... y aun por haber tenido relaciones con varios de ellos, según murmuraban algunas señoras. Pues bien, Tomasa se detuvo bajo una frondosa pochota[4] e inició una sorprendente ceremonia: se desnudó, permaneció unos segundos inmóvil como observando el cielo, para después pronunciar: "*¡Yalam béquet, yalam béquet!*", palabras que en lengua tzotzil significan "Baja carne, baja carne".

Enseguida, tenso y mudo de asombro, Eulalio presenció una escena aterradora: la carne del cuerpo de Tomasa empezó a bajar lentamente hasta llegar al suelo y formar una masa circular y rojiza, dejando al descubierto la osamenta erguida de la mujer, que empezó a caminar lentamente produciendo un impresionante ruido de chocar de huesos, hasta perderse en la neblina.

La fuerte impresión que recibió Eulalio lo hizo perder el conocimiento y desplomarse en la hierba fría. En ese lugar permaneció desmayado por algún tiempo. De pronto, como en sueños, comenzó a escuchar el rumor macabro de huesos entrechocando y despertó sobresaltado, para observar el retorno de aquel horrendo ser que, después de posarse en el centro del círculo de carne que ahí había dejado, con una voz cavernosa clamó: "*¡Muyán béquet, muyán béquet!*", "¡Sube carne, sube carne!" La masa informe y rojiza fue ascendiendo y cubriendo la osamenta hasta que Tomasa recuperó su escultural apariencia, para después vestirse y alejarse de ahí.

Eulalio abandonó el lugar sumamente impresionado y con la mente confusa. Al otro día fue a pedir consejo a su padrino, un anciano

---

[4] Ceiba.

sabio, quien, después de escuchar atentamente la terrible narración de su ahijado, le dio ciertas instrucciones detalladas acerca de lo que tenía que hacer para que la siniestra transformación dejara de ocurrir.

A la noche siguiente acudió el joven a las cercanías del nacimiento del río y se escondió detrás de los arbustos que le habían servido de cobertura la vez anterior, llevando ahora una bolsa con las cosas que su padrino le había dicho que consiguiera: una botella con vinagre y una bolsa de papel con sal de mar perfectamente molida. Esperó hasta que Tomasa hizo su aparición, y presenció nuevamente el diabólico ritual. Después de escuchar las palabras cabalísticas *¡Yalam béquet, yalam béquet!*, y ver la asombrosa transformación y cómo partía el esqueleto produciendo un sonido atemorizante al entrechocar sus huesos, fue hasta donde estaba el redondel de carne humana, vertió ahí el vinagre y esparció la sal. La carne se movía como si sintiera un agudo

dolor y unos segundos después quedó inmóvil. Eulalio retornó a su escondite y ahí permaneció hasta constatar que el esqueleto volvía, se posaba en medio del círculo y pronunciaba las rituales palabras *¡Muyán béquet, muyán béquet!* Esta vez la carne no ascendió. El esqueleto repitió: *"¡Muyán béquet, muyán béquet!"*, y la carne no se movió. Entonces, ante la mirada expectante de Eulalio, ocurrió algo aún más fantástico: el esqueleto se elevó por los aires y se perdió en la lejanía.

A partir de ese día, no volvieron a ver al esqueleto vagar por el pueblo ni volvieron a escuchar los desagradables castañeteos de huesos. Los pobladores también se extrañaron por la desaparición de la bella Tomasa, pues nunca se le volvió a ver por la aldea.

Tiempo después, surgió un nuevo rumor: algunas personas de la comarca, aunque muy de vez en cuando, aseguraban haber visto un esqueleto desplazarse en las alturas. A este ser le empezaron a llamar *Yalam Béquet*.

*La Mulata de Córdoba es una leyenda que,
por la fuerza de su personaje y por la fantasía
brillante que la anima, se ha arraigado
en la memoria de muchas generaciones
y en el gusto de personas de todas las edades.*

Se dice que en la Nueva España, en tiempos de la Santa Inquisición, en los que el Tribunal de la Fe imperaba, habitó una mujer maravillosa que tenía dones sobrenaturales: era la Mulata de Córdoba.

Seguramente se trataba de alguien con fuerte personalidad, que impresionaba a mucha gente, y sus dotes de curandera, quizá de manera exagerada, se contaban aquí y allá; también los testimonios de los milagros que hacía corrían de boca en boca.

Acerca de esta mujer se decía, por ejemplo, que nunca pasó de cierta edad y no se podía saber si era joven o vieja. El paso de los años no obraba ningún deterioro en ella: no mermaba su salud, ni su hermosura e inteligencia. Se contaba también que podía estar presente en

dos o más sitios a la vez: que había curado a un enfermo en un rancho y atendido una consulta en una ciudad, en el mismo momento.

Era invocada cuando se quería conseguir remedio para una enfermedad grave, o para mitigar alguna intensa dolencia corporal o del alma.

Nunca se supo donde se ubicaba su morada, si es que la tenía. Mientras unos aseguraban haberla consultado en un cuarto de casa de vecindad, otros decían haberla visitado en alguna cueva agreste. Siempre vestía ropa sencilla y se conducía de manera natural, sin ostentar el poder mágico que poseía. A veces, cuando era invocada, aparecía súbitamente sin que nadie pudiera determinar el rumbo por el que había llegado.

El recuerdo de una mujer así tenía que ser poderoso e indeleble; el vulgo creía ver en la mulata a una hechicera que les brindaba sus dones; por eso los enamorados no correspondidos, los que eran presos de corrosivos celos o los enfermos que veían aproximarse a la parca, acudían a ella. La Mulata de Córdoba les proporcionaría algún elíxir o filtro mágico que les curaría sus penas, les permitiría olvidarlas, o bien, lograría que el amante esquivo retornara al lado de la mujer que lloraba su ausencia.

Asimismo, los que ambicionaban riqueza o ascenso en la jerarquía social acudían a la célebre mujer para lograr el cumplimiento de sus anhelos.

Su popularidad había llegado a ser tal, que por aquellos tiempos se había hecho cotidiana una curiosa frase, un dicho; cuando se pretendía vencer grandes obstáculos o lograr algo irrealizable se decía: "Ni que fuera la Mulata de Córdoba".

Era impensable que la Santa Inquisición no se enterara de las andanzas y destrezas de tan popular hechicera. La terrible corte de inmediato le achacó el ejercer la brujería y el tener pacto con el diablo. La Mulata de Córdoba, después de incontables lances persecutorios de los esbirros inquisitoriales, por fin cayó en poder de éstos y fue recluida en una de las cárceles del Santo Oficio.

Grande y generalizada fue la sorpresa del pueblo al saber que la prodigiosa Mulata de Córdoba estaba presa, en poder de la Santa Inquisición. Ella, quien les proporcionara tantos beneficios, estaba guardada en una celda oscura y húmeda. La gente sencilla del pueblo deseaba fervientemente que, haciendo uso de sus dones, lograra evadirse.

Ya estaba muy próximo el día en que iban a sentenciar a la Mulata de Córdoba y, con seguridad, a destinarla a morir en la hoguera, cuando tuvo lugar un suceso portentoso. En una de las paredes de la mazmorra en que se encontraba presa, la mujer había dibujado, con un pedazo de carbón, un barco surcando el mar. El dibujo, por su realismo, era impresionante. La hechicera había hecho gala de un arte sublime nunca antes visto. El carcelero, fascinado, se quedó mirando aquella estampa y la mulata, socarronamente, le preguntó si a la embarcación le faltaba algo.

—Pues sólo le falta navegar —dijo el guardián.

—Pues mira cómo navega —contestó ella— y mira también cómo alguien se va en ella.

Por arte diabólico, la hechicera abordó el buque, el cual empezó a surcar las aguas del mágico dibujo y se fue alejando hasta perderse en el horizonte ante la mirada estupefacta del carcelero.

Nunca más se tuvo noticia de la Mulata de Córdoba.

PER-
SONA-
JES

legendarios

Personajes que acaso existieron,
o tal vez fueron creados por imaginaciones
fecundas o místicas, por alguna razón,
anidaron desde tiempos ancestrales
en la memoria colectiva de nuestro pueblo.
Quizá las anécdotas y las características de algunos
de ellos, al ser transmitidas incontables veces de
una generación a otra, evolucionaron tanto
que convirtieron a sus protagonistas
en seres fantásticos y mágicos.
Las historias que han surgido en torno a ellos
los han hecho legendarios y parte
de la cultura tradicional de nuestros pueblos.

LA LLO-RO-NA

*La Llorona, con su grito desgarrador,
"¡Ay, mis hijos!", ha hecho nacer multitud
de relatos que circulan por zonas variadas
de nuestro país e incluso de otros países,
principalmente del Cono Sur;
historias cuyo origen se data sin mucha certeza,
entre la época prehispánica y la Conquista.*

Se encuentran en estos relatos coincidencias en lo esencial: se ha dicho que se trata de una mujer que mató a sus hijos y arrojó sus cadáveres a un río; los moradores del lugar, a su vez, la hicieron pagar con la vida su culpa. Desde entonces, el alma de esta perturbada mujer pena, y su espectro se ve vagando a las orillas de los ríos, por calles sombrías u otros oscuros parajes, y se oye su lastimero grito: "¡Ay, mis hijos!", que llena de desasosiego las almas de los moradores. Dicen haberla visto por las noches, como a una mujer vestida de blanco, con el rostro cubierto con un velo, desordenada cabellera y lento caminar.

¿Quién no ha escuchado que la historia de La Llorona tuvo su origen en el lugar del que es oriundo quien narra? Como ocurre con otras leyendas, tal parece que cada lugareño llevara en su inconsciente el deseo de que su terruño fuera la cuna de los sobrecogedores hechos.

Así, ha habido quien afirme que los acontecimientos en relación con La Llorona se dieron en el centro de la ciudad de México en tiempos de la Colonia. También los han situado en Coyoacán, y hay personas de Xochimilco que cuentan haberla visto remar en una chalupa emitiendo su grito lastimero. Una versión narra que la mujer ahogó a sus hijos en el lago de Texcoco, para luego buscar su propia muerte en las mismas aguas.

Se ha difundido, asimismo, una versión de esta leyenda que la hace nacer en tiempos prehispánicos y cuenta que la diosa Cihuacóatl (Mujer-Serpiente), al presentir la pérdida de la milenaria cultura mexica a causa de la dominación española, se paseaba por las calles de la Gran Tenochtitlán llorando y exclamando: "¡Ay, mis hijos!, ¿cómo podrán escapar de destino tan aciago?"

También se dice que el famoso lamento se escuchó por primera vez cuando, tras alguna batalla en que los conquistadores españoles habían triunfado sobre los mexicas y el terreno había quedado sembrado de sangre y cadáveres, las madres de los guerreros indígenas, al ver los cuerpos inertes de sus hijos, lo emitieron agobiadas por el dolor.

En una versión popular se cuenta que, en tiempos de la Colonia, existió una bella mujer mestiza de nombre Teresa, a quien por su gran hermosura pretendían los varones y envidiaban las damas. Un apuesto caballero español con fama de virtuoso, perteneciente a la nobleza de la Nueva España y que era llamado conde Nuño de Montes Claros, se enamoró de ella. Después de tenaz insistencia, consiguió que la dama le correspondiera. Montes Claros creía que Teresa era de origen peninsular.

Al poco, el ardiente amor ya era mutuo; pero el padre de la joven se oponía a esa relación, pues temía que el conde español, transcurrido algún tiempo, advirtiera que Teresa llevaba en sus venas sangre india y la hiciera objeto de su desdén.

Enajenada por la pasión, la doncella cometió el error de fugarse con su enamorado y, siendo su unión furtiva, la pareja fincó su hogar en un paraje alejado del centro de la gran ciudad.

Poco después, el caballero español se enteró de la *mezclada casta* de su amada y la pasión que había anidado en su corazón empezó a perder ímpetu.

Al paso de los años habían procreado tres hijos. El conde español se ausentaba por meses de la casa familiar y, fingiendo celos, le exigía a doña Teresa que no saliera y permaneciera siempre al cuidado de los hijos. Sin embargo, cierto día en que ella, aburrida de tanto encierro, fue a la iglesia se enteró, por el cuchicheo malicioso de dos mujeres, de que el conde se iba a casar el siguiente domingo con una rica dama de la nobleza. Después de corroborar esta dura y amarga verdad, la mujer volvió a su casa con la cabeza llena de sufrimiento y de ideas que se agolpaban formando un caos. Pasó varios días sin probar alimento y pensando sólo en que había sido objeto de un cruel ultraje.

Se cuenta que buscó a su amado y le rogó que no la dejara, que incluso aceptaría su matrimonio con la aristócrata dama, pero que no la abandonara, ni ella ni a sus hijos. Él le contestó que no podía casarse con una mujer que era hija de una india y agregó que había resuelto no volver a visitarla ni ver más a los hijos que había procreado con ella.

Teresa volvió a su hogar con indecible dolor, su orgullo ofendido y su alma lacerada. Al no poder asimilar su situación, perdió la razón y, en una suerte de venganza, ahorcó a sus hijos.

Los vecinos, indignados al conocer semejante crimen, la ahorcaron.

A partir de entonces, por las noches, después de darse el toque de queda, comenzó a aparecerse por las calles brumosas una mujer que parecía flotar, vestida de blanco y con el rostro cubierto por un velo, que gritaba: "¡Ay, mis hijos… ay, mis hijos!" Se decía que era el alma en pena de doña Teresa.

Se conjetura que la esencia de la trama de La Llorona nos llegó de España, al igual que algunos personajes y narraciones que se hicieron leyenda, muchos de los cuales, incluso, pueblan el mundo mágico de las rondas infantiles.

Sin embargo, quizá un antecedente remoto de esta leyenda sea Medea, la tragedia escrita por Eurípides en el siglo v, a. C., ya que los hechos fundamentales narrados en ella son los mismos que los de la leyenda, y el paralelismo entre ambas es palpable: Medea quita la vida a los hijos procreados por ella y Jasón como venganza del desprecio del héroe, cuando éste, por interés, se une a la hija del rey Creón.

Se podría pensar que la trama de la tragedia de Eurípides se adaptó a nuestro medio y se recreó como historia de La Llorona, pero también se podría inferir que el hecho terrible de la venganza de una mujer despechada, consistente en privar de la vida a sus hijos y atentar contra la suya propia, es algo que, en la vida real, tiende a repetirse.

PERSONAJES
diabólicos

El diablo, como personaje protagónico, se pasea por la literatura de todo el mundo. Vive en infinidad de novelas, cuentos y relatos, en los que, por cierto, muchas veces surge la anécdota de que alguien le pide riquezas u otros bienes y él se los proporciona a cambio de su alma. Por eso es bien conocido el dicho que reza: "Tiene pacto con el diablo", aplicado a personas dotadas de extrema habilidad para alguna tarea o a quienes, en un momento dado, les asiste la fortuna.

Es natural que el diablo, concebido como la encarnación suprema del mal, infunda gran temor, sobre todo a los habitantes de pequeñas poblaciones, de suyo creyentes y religiosos.

En el ámbito de las leyendas populares, el demonio se manifiesta en muy variadas formas. En el estado de Chiapas se habla del Sombrerón, del Duende o Zipe y del Cadejo. Todos ellos, en opinión de algunos lugareños, son encarnaciones del demonio mismo, aunque la forma en que éste se manifiesta es diversa y peculiar en cada uno. Curiosamente, el comportamiento de estos seres oscila entre la maldad extrema y mortal, y la sola intención de hacer travesuras o asustar.

El Sombrerón

Algunos viejos vaqueros chiapanecos han contado, emocionados, que cuando El Sombrerón va a hacer su aparición en medio de la noche, surge primero un relámpago y se escucha después un silbido, a veces melancólico y a veces muy fuerte, seguido de música lenta ejecutada con una armónica de boca. Su imagen, inicialmente vaga, se torna resplandeciente. Ha sido descrito como un hombre alto, vestido con un elegante traje negro de charro adornado con botones de plata. En sus botines lleva espuelas, también de plata, que suenan fuerte cuando camina. No permite, cuentan algunos, que le vean el rostro; aunque también se ha dicho que sus ojos parecen brasas. Monta un brioso caballo negro que, al andar, saca chispas del suelo.

A veces se les aparece a las mujeres que caminan solas por veredas alejadas o campos despoblados. El Sombrerón las enamora y les ofrece regalos. Muchas veces las mujeres caen en las garras de su hechizo, pierden el interés por la vida, y paulatinamente adelgazan hasta morir. La gente comenta: "¡Se la ganó El Sombrerón!"

Se dice que ha habido quien lo ha seguido, atraído por la música o por algún influjo mágico, y que El Sombrerón *se lo ha ganado*, es decir, ha hecho que se pierda, se enferme o enloquezca. Existe la creencia de que si alguien logra escapar del influjo de El Sombrerón y muestra luego signos de azoro o debilidad necesita que le den una *rameada*; una especie de ritual que ejecuta un curandero para curar a alguien *de espanto* o de alguna otra dolencia, y que consiste en lo siguiente: el curandero, en un cuarto semioscuro, con una vela en la mano y unas ramas de cierto vegetal llamado *cuchunuc* en la otra, esperja en la persona comiteco u otra bebida fuerte que previamente tuvo en su boca, al tiempo que le pasa por todo el cuerpo las ramas y dice con mucho énfasis frases tales como: "¡Fulano, vuelve a tu espíritu! ¡Vuele a tu sangre!"

Asimismo se tiene la superstición de que para defenderse de los maleficios de El Sombrerón, es necesario ponerse las ropas al revés.

También se cuenta que es el cuidador de los venados y que con frecuencia se les aparece a los cazadores para que desistan de su intención depredadora.

Se cuenta, además, que lo han visto en lontananza pasar tocando su armónica o cantando. Que su canto a veces adquiere tonos extraños y que el ganado lo sigue, como hechizado. A veces, por la noche, el ganado que ha sido conducido a los corrales anda suelto, entonces algún ranchero exclama: "¡Fue el maldito Sombrerón!" Sin embargo, hay ocasiones en que, cuando los rancheros se disponen a guardar el ganado en los potreros, advierten que esta fatigosa labor ya fue hecha. Se dice que El Sombrerón reúne fácilmente al ganado y lo conduce al corral, se apea, abre la tranca y espera plácidamente a que las reses se guarden; entonces cierra la tranca, monta su caballo y se va, ahora con alegre trote.

Junto al corral, algunas veces los vaqueros han encontrado restos de una fogata y de algún oloroso puro, porque seguramente El Sombrerón, después de guardar el ganado, se quedó ahí un rato para descansar o para contemplar las estrellas.

Hay quien cuenta que El Sombrerón, como haciendo una suerte de travesura, se entretiene formando trenzas con las crines de los caballos, y que tal conducta tiene como origen el amor frustrado que el charro profesó a una hermosísima mujer de sedoso cabello largo que nunca correspondió a su pasión.

Es frecuente escuchar que este personaje elegante, apuesto y lleno de misterio es el mismo chamuco.[5]

La leyenda de El Sombrerón, rica en anécdotas y variaciones, es conocida también en Guatemala.

---

[5] Diablo.

El Duende

Hay quien cuenta que en varios puntos de la zona costera del sureste mexicano, zona que abarca Yucatán, Campeche, Tabasco, Chiapas y Oaxaca, y en los que se acostumbra descansar de las arduas labores del día en hamacas apacibles y frescas, en cierta ocasión los lugareños dejaron repentinamente de usarlas por la noche. La razón de tal cambio fue que habían empezado a suscitarse ciertos hechos inexplicables: algunas hamacas que al caer la noche habían sido recogidas y atadas, como es la costumbre en esos lugares, amanecían desatadas, o bien, las que habían quedado sin anudar amanecían anudadas.

Asimismo, algunos pobladores referían que cuando descansaban por la noche en sus hamacas una mano invisible los mecía.

Surgió entonces la creencia de que un ser sobrenatural era quien realizaba estas inusitadas travesuras.

La leyenda empezó a cobrar firmeza cuando un trabajador relató que una noche, mientras dormía plácidamente en su hamaca, alguien lo empezó a mecer con suavidad; que al poco los vaivenes comenzaron a ser fuertes y prolongados, hasta volverse tan violentos, que lo tiraron de la hamaca; que entonces, furioso, tomó su machete para enfrentar al insolente y reclamarle, pero en eso se dio cuenta de que ahí no había nadie más que él.

Se propagó la creencia de que algunos espíritus o seres inmateriales reclamaban su derecho a usar por la noche las hamacas para su descanso. Con esta superstición nació el temor y, a la vez, la decisión de usarlas solamente de día.

Al ser prodigioso y travieso que anudaba y desanudaba las hamacas lo empezaron a llamar Duende. Además, a este personaje, sobre todo en el centro del estado de Chiapas, le atribuyeron otras diabluras que, según se decía, ejecutaba por la noche: se escondía en las cocinas y movía y hasta tiraba los trastos produciendo mucho ruido; en las casas hechas de adobe arrancaba subrepticiamente pedazos de este material y los arrojaba a los incautos moradores, a veces, lastimándolos.

El Zipe

En la región del Soconusco, al Duende lo llaman también Zipe, pero lo describen como un ser más maligno y lo llegan a identificar con el demonio.

Allá se cuenta que el Duende o Zipe tiene el aspecto de un pequeño niño negro al que a veces, por la noche, se le encuentra a la orilla de algún camino solitario, de espaldas y aparentando que llora. Si alguien se compadece de él y se le acerca para socorrerlo, el Zipe se vuelve, muestra una cara maligna y ríe a carcajadas. En otras ocasiones el *niño* dice estar extraviado, entonces el caminante –o jinete– se ofrece a llevarlo a su casa, cuyo rumbo señala vagamente el pequeño. Si el viajero va a caballo, trepa al chiquillo en ancas. Durante el recorrido, el *niño* poco a poco se transfigura: su tamaño aumenta; su voz se enronquece; sus uñas ahora son garras; sus dientes, afilados colmillos, y surge entonces de su boca una risa espeluznante. Al advertir el viajero estas transformaciones, arroja al engendro diabólico y huye despavorido. Se dice que quienes pasan por esta experiencia quedan afectados a tal grado, que pierden el habla o enferman, y poco a poco agravan hasta morir. Entonces alguien declara: "¡Se lo ganó el Zipe!"

El Cadejo

En Chiapas se habla repetidamente del Cadejo, que no es otro que el diablo, y que puede tomar la forma de cualquier animal o persona. No obstante, varios relatos lo han descrito más específicamente como un enorme y feroz perro, cuyos ojos brillan en la oscuridad y que suele aparecer muy entrada la noche; a veces aúlla de forma aterradora y sus aullidos atraen a otros perros a los que, de pronto, ataca y revuelca con fiereza.

Al día siguiente, claro, los perros se encuentran maltrechos y de ahí comienzan a enflaquecer sin más motivo. Entonces suele escucharse: "A ese 'chucho' lo revolcó el Cadejo". Si el can muere, alguien de manera natural sentencia: "Se lo ganó el Cadejo".

Se escuchan también relatos en los que el Cadejo ha asustado a personas que transitan en la noche por alguna calle desierta y oscura, o en los que las ha atacado, herido o aun privado de la vida.

Un gato negro de enorme cola

De los niños también proceden relatos que son contados con tintes de veracidad, tienen un indudable encanto y en ellos aparecen seres con características sobrenaturales y mágicas.

Nuestra amiga, la señora Carmen García, nos narra que hace muchos años en Portezuelo, un pequeño poblado del estado de Hidalgo, a su hermana Amalia, que en aquel entonces tenía diez años, la mandaban a darle agua al caballo, cosa que ocurría ya entrada la noche. Ella se resistía porque refería que, en algún lugar de su recorrido, se le aparecía un enorme gato negro que tenía una cola muy larga.

–El gato, así de grande, se me acerca, se unta en mi cuerpo y enreda su tremenda cola en mi pierna –decía–. A veces su cola me *amarra* las dos piernas, me impide caminar y me obliga a estar en ese lugar mucho rato.

Sus padres no creían en su dicho y la volvían a mandar. Sólo al advertir que la niña sufría intensamente, su padre decidió ir él mismo a dar de beber al caballo. Nunca se le apareció el pavoroso gato negro. Sin embargo, cuando se comentaban estos hechos la gente decía que tras unas palmas rodeadas de grandes matorrales, que estaban muy cerca del trayecto que hacía Amalia, se escondía la bruja, a quien todos conocían.

Brujas que chupan

esde muy antiguo se ha contado en muchas partes de la república mexicana sobre la existencia de brujas que *se chupan* a los niños. Se usa el término *chupar* porque se cree que la bruja pone su boca en la del bebé, succiona y le extrae cierta esencia. El niño de pronto muere y como signos *post mortem* presenta moretones en el cuerpo, sobre todo en las yemas de los dedos y en los brazos.

Asimismo, se cree que las brujas solamente se pueden chupar a los pequeños que aún no ingieren alimentos salados, ya que estas hechiceras no soportan el sabor de la sal. Por esta razón, algunas mamás la ponen en los labios de sus bebés: piensan que así éstos quedan protegidos de los actos malignos de las brujas.

Específicamente en Portezuelo, según nos cuenta la misma Carmelita García, ocurrió algo llamativo a propósito de un niño misteriosamente fallecido y del que, como presentara los síntomas arriba descritos, se infirió que se lo había *chupado la bruja.* Corría la creencia de que dejando el cadáver del infante *chupado* durante una noche en agua con fierros, láminas y similares, se podía atrapar a la bruja, pues ésta se presentaría en ese lugar. Así lo hicieron con este niño y, a la mañana siguiente, cuando acudieron a ver, estaba ahí un anciano desconocido que no respondía a los cuestionamientos que le hacían, ni articulaba palabra alguna, por lo que lo creyeron mudo.

Dieron por hecho que el anciano era un brujo, o que la bruja que se había chupado al niño se había transformado en anciano.

Antes de hacerlo pagar *su culpa* indagaron en el pueblo por si alguien lo conocía. Se supo que el viejo tenía familiares, quienes entonces se presentaron y se mostraron extrañadísimos de que don Julián, como referían se llamaba el hombre, no hablara, pues él no era mudo.

Se le quería castigar, mas sus parientes hicieron ver al juez y a los demás habitantes del pueblo que don Julián era un hombre bueno y que en realidad se distinguía por querer mucho a los niños.

Así convencieron a los demás, y éstos lo *perdonaron.*

En otra ocasión, los habitantes de Portezuelo creyeron haber descubierto que Remigia, una mujer que ahí vivía, era la bruja que se chupaba a los niños. Acompañados del comisario fueron por ella a su casa, la capturaron y la encerraron en un cuarto que pobladores y autoridades habían habilitado como *la cárcel del pueblo.* A pesar de que cerraron el lugar con candado y la minúscula habitación no tenía salidas al alcance de la prisionera, cuando menos lo pensaron, Remigia se evadió; todo lo cual se repitió varias veces.

Un día decidieron atarla fuertemente a un árbol, pero de ahí también se fugó y sólo encontraron la reata rodeando el árbol. Fue cuando tomaron la drástica decisión. Con la anuencia del juez, fueron por ella y la hicieron pagar sus *culpas* con su vida: la mataron a pedradas.

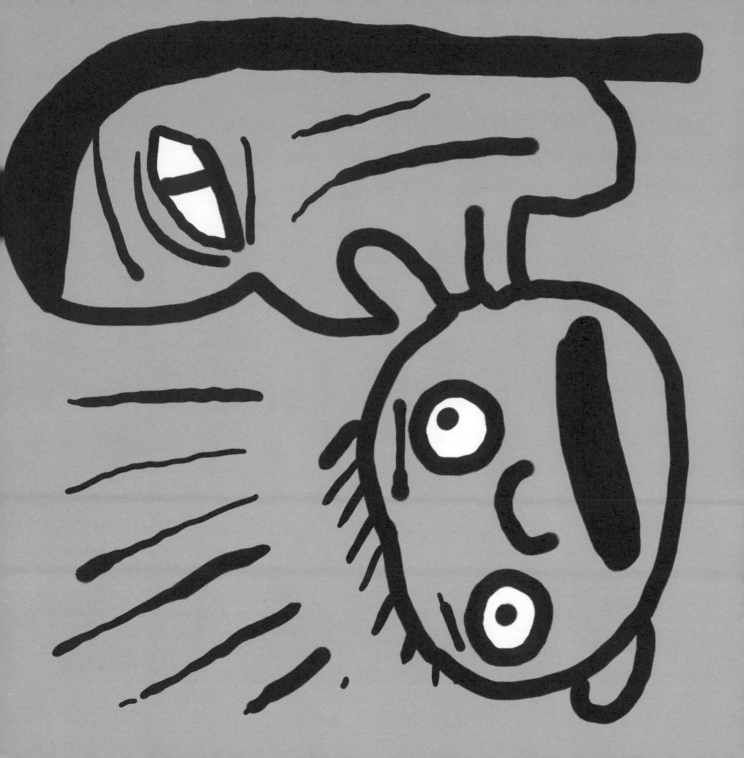

La bruja del Papaloapan

En Tlacotalpan, Veracruz, se cuenta una conmovedora historia de principios del siglo XX acerca de una joven de extraordinaria belleza, miembro de una de las más acaudaladas familias de la región. Esta joven, que tenía por nombre María Cházaro, se enamoró de un mayoral pobre que laboraba en una hacienda cañera, quien correspondió apasionadamente a su amor.

Los padres de la muchacha se opusieron a esta relación arguyendo que su hija debía casarse con alguien de su misma alcurnia. De inmediato el señor Cházaro hizo los arreglos del caso, y acordó con un rico ganadero para que contrajera matrimonio con su hija.

Al enterarse de esto, María y el mayoral decidieron casarse en secreto y con urgencia. Se citaron para el día siguiente en la iglesia, pero con el fin de no despertar sospechas, decidieron realizar sus labores acostumbradas: él acudiría a trabajar a la hacienda, y posteriormente se trasladaría a la iglesia. De acuerdo con esto, el joven mayoral, después de terminar su jornada, emprendió su regreso para acudir a la cita con su amada; abordó entonces una lancha, misma que se desplazaba por el río Papaloapan, cuando aconteció un trágico accidente: la lancha volcó y el joven murió ahogado.

María, que lo esperaba en la iglesia, se empezó a sentir intranquila por la tardanza del mayoral y pidió paciencia al sacerdote. Él le dijo que no había prisa, que primero iría a dar los santos óleos a una persona que acababa de morir ahogada en el río Papaloapan, para después regresar a oficiar el casamiento. Además le sugirió a María que lo acompañara para que no se quedara mucho tiempo sola en la iglesia. Ella aceptó y acudió con el cura al lugar en que velaban el cuerpo del ahogado. Al percatarse de que quien había muerto era su amado, se sintió presa de una gran desesperación y un profundo dolor que le hicieron perder el juicio. Salió corriendo, se arrojó al río Papaloapan y, al igual que su amado, murió ahogada. El cuerpo de la bella María Cházaro nunca pudo ser rescatado del río.

Todo esto ocurrió en fechas cercanas a las celebraciones de La Candelaria y, hoy día, muchos pobladores de Tlacotalpan cuentan que cuando se aproximan estas festividades, suelen ver por la noche a una joven vestida de novia desplazarse por la orilla del río y escuchan un llanto lastimero. A esta visión la llaman La Llorona, o bien, La bruja del Papaloapan.

La bruja[6]

¡Ay, qué bonito es volar
a las dos de la mañana!
A las dos de la mañana,
¡ay, qué bonito es volar!, ¡ay mamá!

Para venir a caer
en los bracitos de Juana,
en los bracitos de Juana,
y hasta quisiera llorar ¡ay mamá!

Me agarra la bruja,
me lleva a su casa,
me vuelve más seco
que una calabaza.

Me agarra la bruja,
me lleva al cuartel,
me vuelve más seco
y me da de comer.

¡Ay!, dígame, dígame,
dígame usted:
¿cuántas criaturitas
se ha chupado usted?

Ninguna, ninguna,
ninguna, ¿no ve
que ando en pretensiones
de chuparme a usted?

Ahora sí maldita bruja,
ya te chupaste a mi hijo,
ya te chupaste a mi hijo
y ahora sí maldita bruja ¡ay mamá!

Ahora le vas a chupar
a tu marido el ombligo
y a tu marido el ombligo,
ahora le vas a chupar ¡ay mamá!

Me agarra la bruja,
[…]

---

6   Canción popular mexicana del estado de
     Veracruz.

Nahuales[7]

Existe la creencia, sobre todo entre los indígenas, de que ciertas personas a las que se llama nahuales tienen la facultad de transformarse, generalmente por las noches, en animales; por eso si alguien ve un animal en el monte, puede pensar que quizás en realidad se trate de un brujo o una bruja que se ha transformado.

También, en algunas zonas del país, se tiene la idea de que los nahuales son animales silvestres que comparten el destino y el alma con una persona durante toda la vida, y que velan por su bienestar.

Se cuentan muchas hazañas de los nahuales, no todas positivas; por ejemplo, se dice que si una muchacha anda sola por esos caminos alejados del bullicio, puede ser presa de algún nahual que

[7]   También se les llama *naguales*.

entonces se la lleve; o que un nahual encarnado en jaguar o en coyote puede matar el ganado.

Estas creencias se ven ilustradas en la siguiente narración:

En un pueblo de Sinaloa cuentan que en las orillas, junto al río, se estableció una anciana llamada Carlota. Ahí construyó su jacal.

Pronto se hizo famosa porque, con hierbas del lugar, curaba casi todas las enfermedades y preparaba menjurjes para propiciar amores o prevenir o conjurar maleficios. Practicaba cierto tipo de hechicería, y a quienes le negaban algún favor les acontecían cosas extrañas: se les agriaba la leche, se les pudría la fruta, se les apestaban los frijoles o enfermaban. Por supuesto, era respetada y temida por todos; los que vivían más cerca de su jacal se empezaron a mudar a otra parte en busca de tranquilidad. Entonces, Carlota se fue del pueblito. Todos se alegraron y se sintieron más seguros; sin embargo, a los pocos meses, Carlota volvió con una muchacha, un jovencito y un niño a quienes presentó como sus sobrinos.

Desde ese día, empezaron a desaparecer borreguitos, terneras y gallinas, como si una jauría de coyotes se hubiera asentado por el lugar. Se formaron entonces grupos de rancheros que hacían guardias nocturnas. Después de varias noches, Ramón, uno de los rancheros, disparó contra un enorme coyote al que pudo ver gracias a los rayos de la luna llena. El animal logró huir, pero lo hizo cojeando y sangrando de una pata posterior.

Al día siguiente, Carlota, cargando con todas sus cosas, abandonó aquellos parajes en compañía de sus sobrinos. Los lugareños se reunieron contentos para platicar sobre la retirada de Carlota. Varios de ellos contaron que la vieja, al partir, había dicho muy enojada que se iba para no volver, pues ahí no se podía estar seguro: que esa mañana mientras lavaba su ropa en el río, una bala perdida le había dado merito en una pierna.

Más tarde, cuando Ramón llegó y les relató acerca del disparo que le asestó al coyote, todos, sin decir nada, se miraron. Desde ese día, cada vez que rememoran a la vieja, la llaman Carlota Coyota.

Aluxes

En la península de Yucatán, y en algunos lugares de Belice y Guatemala, se habla del alux.[8] Según la mitología maya, los aluxes son geniecillos o enanos legendarios de los bosques y selvas, que desde tiempos inmemoriales eran creados para cuidar de la milpa y los montes.

Para esta creación, personas sabias de antaño mezclaban *k'at* (barro cocido) con la sangre de algún animal que elegían por su fortaleza, por su audacia o por su inteligencia. Modelaban la masa resultante hasta dar forma a un pequeño muñeco que dejaban junto a la milpa o en algún lugar boscoso y distante, bajo un árbol. Le llevaban hasta ahí comida natural y agua fría. Al cabo de algún tiempo, la figurilla desaparecía; en ese momento, el alux había cobrado vida.

Se dice que la estatura de los aluxes no sobrepasa las rodillas de una persona normal, y que pueden estar vestidos a la usanza maya o ser invisibles. Se atribuye a los aluxes la beneficiosa función de preservar la milpa y hacerla crecer verde, sana y fructífera. También se dice que cuidan de la vegetación en bosques y selvas.

Asimismo, se afirma que en ocasiones se llevan a los niños que andan por el monte y los conducen al Cab-cab (casa de los aluxes), donde les enseñan cosas maravillosas. Varios años después, los devuelven al lugar en donde los encontraron, ya convertidos en una especie de sabios a los que se llama hmenes.

También se hace referencia a que ocasionalmente algún alux pide una ofrenda y, si esta le es negada, causa estragos en las cosechas y provoca enfermedades.

---

[8] Palabra derivada del maya. Se pronuncia aproximadamente *alush*. Plural en español: *aluxes*. Pronunciación aproximada: *alushes*.

CUEN
Y NARRA
de MIST

ITOS

CIONES

ERIO

LA SEÑORA JULIA

· · · · · · · · · · · · · · · · · · · ·

VALENTÍN RINCÓN

A Julia le gustaban los cafés de El Jarocho, ésos de Coyoacán, ir a la Cineteca Nacional y el aroma de los nardos; incluso usaba un perfume con discreto olor a esas flores.

Entre broma y verdad decía que una vez que muriera, querría tomarse su capuchino de El Jarocho bajo un laurel de la India de la Cineteca y presenciar después alguna buena película; y por eso ya había elegido el panteón donde quería que reposaran sus restos: el de Xoco, que está a unos pasos de la Cineteca y muy cerca del café El Jarocho. Así no tendría que caminar mucho.

Un día fue a las oficinas del referido panteón y preguntó por un lote mortuorio. Explicó a los empleados las razones que la motivaban a elegir precisamente ese cementerio; los empleados, después de quedarse perplejos y transcurridos unos segundos, sonrieron divertidos y le dijeron que no había lotes disponibles.

Cuando Julia murió, su marido decidió cremarla. Después de haberlo hecho, recordó los designios y argumentos de su fallecida esposa. Entonces, al sentirse un poco culpable, echó las cenizas de Julia en una bolsa de papel, de las del pan, y fue discretamente a esparcirlas bajo los laureles de la India de la Cineteca.

◆ ◆ ◆

Hay quienes hoy cuentan que por las noches, en la Cineteca, han visto a una hermosa mujer que parece flotar mientras va esparciendo un agradable aroma de nardos, para luego desaparecer. También cuentan que en las funciones nocturnas, dentro de alguna sala, a veces se respira ese aroma, y que, bajo los laureles de la India, aparecen de manera inexplicable vasos de café de El Jarocho.

REBE-QUITA

VALENTÍN RINCÓN

La joven enfermera Yésica Uyoa, que asistió a mi madre por un tiempo, una noche me refirió una historia de brujería, más o menos en estos términos:

Aquella mañana mi tía Rebeca se despertó más agotada que de costumbre. Esta sensación matinal aumentaría día tras día hasta hacer que mi tía se sintiera verdaderamente enferma. Después de haber acudido a un médico y a otro, ninguno de ellos había podido descifrar la naturaleza de su padecimiento, ni mucho menos encontrar su curación.

Un día le recomendaron que visitara a cierta bruja llamada doña Felipa para conjurar de una vez por todas el mal que le aquejaba. Al llegar

---

[9] Platicado por Yésica Uyoa.

con doña Felipa, ésta la observó y dijo: "Alguien le está haciendo brujería", y sugirió que la llevaran a conocer su casa para así poder detectar la fuente del problema.

Al llegar a la casa, la bruja revisó la sala y el comedor sin resultados. Después se acercó a la habitación de mi tía, de donde había percibido que emanaba una fuerza extraña. Entró en ella y, después de un rato, decidió mirar debajo de la cama. Al inclinarse sintió la mirada persistente de unos pequeños ojos. Aguzó la suya y se dio cuenta de que ahí había una muñeca en la misma posición que ella, que parecía tener vida. La muñeca la observaba fijamente.

Al mirar la forma de la muñeca, doña Felipa, la bruja, se dio cuenta de que era casi idéntica a mi tía Rebeca: de complexión robusta, bajita y pelirroja, y con las mismas facciones que ella. Más tarde se enteraría de que, además tenía el mismo nombre que mi tía, pero en diminutivo: Rebequita.

La bruja intentó ponerse de pie lo más rápido posible para atrapar a la muñeca. Sin embargo, ésta corrió ágilmente por todo el juguetero e intentó atacarla. De la habitación salían gritos. Momentos después apareció doña Felipa con la muñeca en la mano, tomándola por el pelo y exclamando que tenía en su poder a la culpable del maleficio.

Al indagar por la procedencia de la muñeca, mis primas relataron a la bruja que la habían encontrado en un mercado popular y que, al percatarse del gran parecido que existía entre la muñeca y su mamá, habían decidido comprarla y ponerle el nombre de Rebequita.

Fue entonces cuando se aclaró todo. Doña Felipa explicó que esa muñeca era de las que se utilizaban para la magia negra y que había sido hecha especialmente para mi tía. Eso explicaba que tuviera sus mismas características y su nombre. Días atrás, una misteriosa fuerza había atraído a mis primas al mercado donde la encontraron. Al adquirirla, el maleficio de la muñeca había caído directamente en mi tía. La bruja pidió a mis primas que tiraran la muñeca.

La fueron a tirar al canal; sin embargo, cuando regresaron a su casa, ¡Rebequita, la muñeca, también lo había hecho!; así que todos optaron por quemarla. Desde el momento en que la muñeca comenzó a ser consumida por las llamas, mi tía se fue sintiendo mejor hasta sanar totalmente. Jamás volvió a enfermar de aquella manera. De Rebequita nunca se supo más nada.

LA RESUCI-TADA [10]

· · · · · · · · · · · · · · · · · · ·

VALENTÍN RINCÓN

Narraré aquí lo que contaba mi padre hace muchos años y que había yo olvidado; pero que gracias a un nuevo relato, ahora por parte de mi compañera, resurge en mi memoria.

Las palabras de mi padre, unas más, unas menos, fueron las siguientes:

Estaba yo cenando en un elegante restaurante con un amigo que me había invitado, cuando me llamó poderosamente la atención, por su extraña belleza, una mujer que cenaba en una mesa cercana, acompañada de un hombre mucho mayor que ella, quizá su padre. El cabello de la dama era del color de trigales matizados de nieve, sus ojos como lagos calmosos, su atuendo rico y de refinado gusto, su porte elegante y su expresión denotaba a la vez

10   Cuento narrado hace décadas por Valentín Rincón Coutiño y recordado hoy día por Cuca Serratos.

distinción y profunda tristeza. Su mano izquierda permanecía cubierta con un guante blanco.

Al observar mi amigo el asombro que me causaba esa imagen inusitada, me informó que se trataba de doña Isabel Mendoza de Montejo, y me narró la sin igual experiencia que en algún tiempo pasado ella vivió.

Doña Isabel estaba casada con un rico comerciante llamado don Federico Montejo, quien murió en un accidente. Ella, quien sufría de catalepsia y además no había procreado hijos, para amortiguar su pena y su soledad, se fue a vivir con unos parientes suyos. Sus familiares no sabían del mal que padecía. Ocurrió que al acometerle uno de los ataques de catalepsia y quedar yacente con signos vitales tan débiles, que eran imperceptibles para una persona común, creyeron que había muerto. Cumpliendo con las costumbres inveteradas, la velaron y al otro día, casi al anochecer, la enterraron, ignorantes de que sepultaban a un ser con vida.

Queriendo así honrarla, la enterraron vestida con el elegante atuendo que era uno de los de su preferencia, así como con las joyas que más apreciaba, entre las que figuraba un anillo en el que estaba montado un diamante valioso como pocos.

Uno de los sepultureros, deslumbrado por las joyas y tentado por una ambición desmedida, decidió acudir subrepticiamente al cementerio cuando ya estuviera desierto, y desenterrar el cuerpo de doña Isabel para robarle sus gemas.

Llevó a cabo su siniestro plan y, al no poder quitar el anillo del rígido dedo de doña Isabel, torturado por la prisa y por el nerviosismo, decidió cortarlo con una daga que llevaba. De un tajo convirtió su decisión en hecho y cortó el dedo anular de doña Isabel, quien, por el fuerte traumatismo físico recibido, recobró el conocimiento y se incorporó bruscamente.

Fue tan fuerte la impresión que causó en el ánimo del delincuente esta repentina reacción del *cadáver*, que el audaz desenterrador cayó muerto junto a la tumba abierta.

Doña Isabel, aturdida, mutilada y sangrante, pero con vida, sin saber a ciencia cierta cuáles eran las circunstancias por las que atravesaba, buscó ayuda. El velador del panteón la socorrió y dio aviso a sus sorprendidísimos familiares.

Cuando doña Isabel fue atendida y se recuperó de los efectos de tan traumática experiencia, llegó a la paradójica conclusión de que estaba agradecida con el maleante que la mutiló e intentó robarle, por haberle salvado la vida.

Desde entonces doña Isabel Mendoza de Montejo viste su mano izquierda con ese guante blanco.

EL
ESPÍRITU
DE LA
PRESA

· · · · · · · · · · · · · ·

VALENTÍN RINCÓN

En esta tarde nublada vienen a mi mente los recuerdos de las negras supersticiones de los habitantes de Tarango.

Se dice que en las aguas lodosas y frías de la presa de Tarango cada año se ahoga un cristiano.

Parece que veo y oigo a doña Nico, esa viejita morena y encorvada, en su covacha, hablándoles a sus nietos, Eleuterio, de doce años y Miguel, de diez:

·Pues sí, Ele, ya te lo digo yo, el espíritu de la presa cada año escoge a sus gentes pa´ hacerlos dijuntos.

También tú, escuincle endemoniado, que a cada rato te metes a nadar.

Ya ves el que sacaron antier los bomberos, bien inflado, con lodo hasta en la nariz y las manos crispadas como que quería salir arañando las yerbas del fondo de la presa. No, si ese espíritu es como el diablo, y a todos los dijuntos que se quedan en la presa los tiene ahí con frío, y sin poderse mover, por las marañas y el lodo.

Y oigan esto pa' que no anden ahí cazando ranas: A mi abuelo Jacinto el espíritu ya le había echado el ojo, pero él se le había escapado. Los sábados que pasaba cerca del agua bien borracho, veía que el espíritu salía de un remolino así de grande y casi se le iba la borrachera; echaba a correr tropezándose con las piedras, y llegaba sofocado, sudando y con los pelos en la cara. Su vieja le decía:

—¡Ay, Jacinto, no te emborraches! ¿Qué no ves que el espíritu de la presa te agarra más aguado, y luego si te jala no va a haber quién haga los ladrillos y quién mantenga a los escuincles?

—Ya no me digas del mentado espíritu, que hasta siento más frío y sudo más, mejor dame un trago de café pa' los nervios.

Y así cada sábado. Hasta que en una de esas se le fue la mano y se vino más aguado que antes, y aluego que iba por la mitad del dique, que se cae y nomás se lo tragó el remolino.

Su compadre Prócoro lo vio, porque venía atrás dizque cuidándolo.

Pero fíjense bien escuincles del demonio, pa' que no anden a'i tirando piedras al agua: el espíritu de la presa le tuvo más ojeriza que a los demás y a cada sábado lo arrempujaba pa' rriba y lo hacía salir a media noche. El pobre tata Jacinto se había hecho ya como de lodo y llegaba arrastrándose y escurriendo hasta su antigua casa, donde su mujer le daba café. Pedía más y más hasta que se acababa la olla y ni así se le quitaba el frío que sentía en los huesos.

Y luego tenía que volver a las aguas de la presa porque ésas eran ya su casa.

Y su pobre mujer, en tres meses, se había hecho muchos años más vieja; y una de esas noches tristes ahí nomás quedó de tanto susto que llevaba.

Son ésas las historias que atemorizan a los niños y dan a la presa de Tarango, al paso de las generaciones, una existencia animada y temible que cosquillea en las almas de los mineros y ladrilleros que habitan cerca de sus aguas.

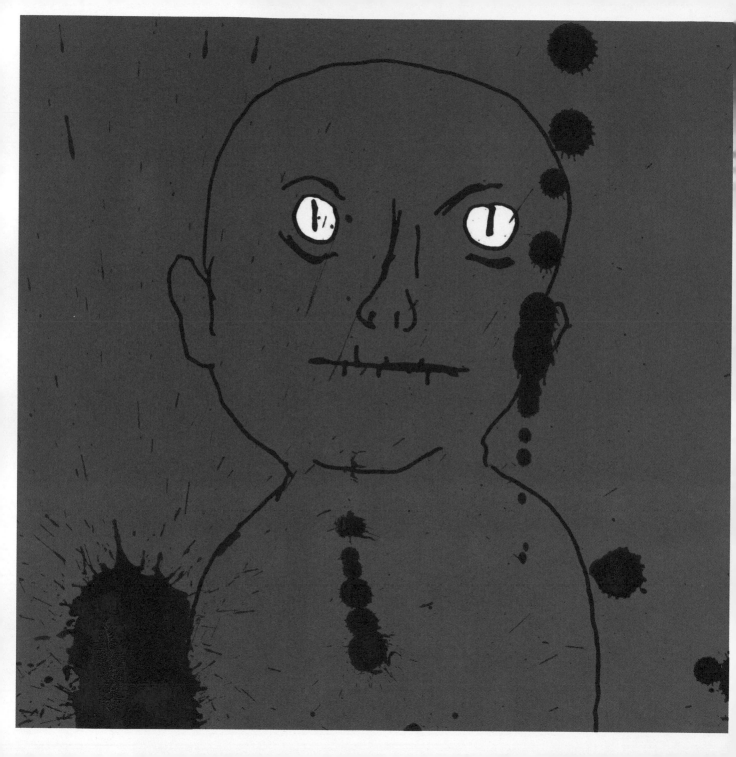

El caníbal

Edmundo González,
escritor de cuentos
y amante del terror y del
realismo, en un arranque
de inspiración, creó
a su caníbal tan terrífico,
que éste se salió
del cuento y lo devoró.

Valentín Rincón

LA TÍA ESPERANZA

ESPERANZA

VALENTÍN RINCÓN

Iba yo por la calle de La Soledad. Era la hora gris. De pronto vi que a lo lejos venía una mujer vestida de blanco que caminaba con tal ligereza, que parecía flotar. Conforme se acercaba, advertí que su cuerpo era el de una joven atractiva, pero su cara, aunque bella, era la de una anciana. Me sonrió, me saludó; su voz me pareció conocida, muy familiar. Hice un esfuerzo, que resultó vano, por recordar de quién era la voz. Sabía que era de alguien cercano a mí, ¿amiga?, ¿pariente?...

Seguí caminando y comencé a pensar en otra cosa: en lo que haría al llegar a la casa, en mis trabajos pendientes; cuando, de pronto, supe de quién era la voz: era de la tía Esperanza, la que cantaba y se acompañaba con su guitarra. Yo conocía su voz porque la había escuchado en unos discos que ponía mi mamá.

Tía Esperanza había sido muy hermosa, según mi madre contaba, y yo lo había corroborado al ver algunas fotografías. Volví la cabeza para verla de nuevo y allá lejos iba ella. Di media vuelta y emprendí la carrera para alcanzarla. La distancia entre ella y yo disminuía; yo le gritaba: "¡Tía, soy tu sobrino, me llamo Adrián igual que mi papá!" "¡Tía Esperanza, soy hijo de tu hermana!" Parecía que no me oía. Dio vuelta en la esquina de Soledad y Florida; llegué al mismo punto, di la vuelta por Florida, y tía Esperanza, quien había dejado de herencia a mi madre su guitarra, se había esfumado.

LA
CASETA
DE
POLICÍA

· ·

VALENTÍN RINCÓN

Hace muchos lustros, en la glorieta que estaba frente al edificio donde yo moraba, instalaron una caseta de policía. Ésta tenía agua, luz, baño y puerta de aluminio, pero por años nunca había sido usada por los policías, excepto cuando éstos llegaban en su patrulla —de vez en cuando— para hacer ahí sus necesidades. Tiempo después, corroboraría que casi todas las demás casetas de la delegación estaban en la misma situación. Curiosamente, las autoridades habían tenido mucha prisa por instalarlas, pero no así por proveerlas de policías, por lo que siempre se las veía vacías.

Me parecía absurdo e injusto que hubiera edificaciones que le costaran al erario público y no tuvieran una utilidad real para los ciudadanos. Diariamente, al ver la caseta, acudía a mi mente ese pensamiento.

Un día, decidido, escribí una carta denunciando el hecho y protestando por él, para que fuera publicada en un diario de mucha circulación. La carta se publicó. En esa carta irónicamente señalaba yo que la tal caseta era para policías *inexistentes*, *fantasmales*.

Recorté del periódico la misiva y la pegué en la caseta misma. Muchos vecinos la leyeron y algunos la comentaron. Quizá por la alusión a lo de *fantasmales* se empezó a correr la voz de que algunas noches se veía dentro de la caseta un policía, pero si uno se acercaba, aquel vigilante desaparecía; y como en la glorieta, diez años atrás, había muerto un policía al tratar de detener a unos asaltantes, empezó a propagarse la creencia de que el fantasma de aquel agente se aparecía ahí dentro.

Un día se apersonó por ahí una extraña mujer que empezó a hablar con todos los vecinos para pedir permiso de que su hermano, un hombre corpulento y fuerte, a decir de ella, ocupara la caseta para pernoctar en ella y que, a cambio de eso, él velaría por el bienestar y la seguridad de todos los vecinos cercanos a la glorieta. Muchos le contestaron que ellos no eran competentes para dar tal permiso y que la caseta evidentemente tenía otra finalidad. Sin embargo, a los pocos días el supuesto hermano de la mujer empezó a llegar por las noches y a usar la caseta de policía para guarecerse en ella. El hombre no tenía exactamente las características que había anunciado su hermana: era corpulento pero no fuerte, sino obeso. Pasó el tiempo y los vecinos se acostumbraron a ver a aquel hombre manso y flácido, que dijo llamarse José, a quien comenzaron a llamarle *El gordo Pepe*, sentado afuera de la caseta, en una banca de tablas y ladrillos. Nadie sabía de qué vivía ni qué comía;

sólo se le veía salir de la caseta por las mañanas e irse a sentar en la banca, donde pasaba todo el día. Al cabo de un par de años, El gordo Pepe se había convertido en un ser monstruosamente obeso que se movía con dificultad, y sus únicas ocupaciones eran platicar con algunos vagos que se acercaban al lugar y, a veces, jugar baraja con ellos.

Un día apareció, dentro de la caseta cerrada con llave por dentro, su cadáver. Se dijo que el infortunado había muerto de un infarto al miocardio por estar tan gordo y ser tan sedentario. La supuesta hermana nunca se volvió a aparecer por ahí, jamás se supo quién era el voluminoso personaje ni de dónde venía; y las autoridades se tuvieron que hacer cargo de la inhumación de sus restos.

Varios vecinos cuentan que algunas noches ronda por ahí una silueta fantasmal y gorda que suele entrar y salir de la caseta o sentarse en la banca improvisada a comer algo. "¡Patrañas!", solía yo pensar, pero sucedió algo inusitado: cierta ocasión en que llegué muy tarde a mi departamento, al estacionar el coche vi dentro de la caseta a dos personas, al parecer jugando cartas, un policía y un hombre muy grueso. De pronto, después de un parpadeo, ya no los vi. Recordé los rumores corridos por los vecinos y me quedé un buen rato observando la caseta. Ni un movimiento se percibía. Rápidamente me acerqué al lugar. La caseta estaba cerrada con llave –más tarde me enteraría de que por dentro– y absolutamente vacía, pero desde fuera, sobre la mesa alumbrada por la luz de la calle, se veían las barajas dispuestas para algún juego entre dos personas.

EL APARECIDO

DEL PANTEÓN
SAN
RAFAEL

. . . .

VALENTÍN RINCÓN

E ra un viernes por la noche y Artemio y Lila, jóvenes esposos, habían invitado a cenar a sus entrañables amigos Vicente y Violeta. Su amistad era ya añeja. Sobre todo la que había entre los varones, pues se habían conocido en la primaria, y desde entonces habían sido compañeros de aventuras, tertulias, serenatas a las novias, parrandas y todo lo que ellos llamaban *vida bohemia*. Una vez casados, las dos esposas habían completado el cuarteto de amistad. Para estas fechas cada matrimonio había procreado dos niños.

Artemio y Lila vivían en un departamento en condominio situado en la avenida San Jerónimo, allá por el sur de la ciudad, exactamente enfrente del panteón San Rafael.

Reunidos los cuatro amigos y después de una animada charla que había recorrido muchos temas: política, psicología y chistes, entre otros; dormidos ya sus pequeños hijos, y consumida una buena cantidad de jaiboles y de vodka, llegaron al tema de las narraciones de fantasmas, aparecidos y leyendas de misterio que se acunan en los pueblos. Eran aproximadamente las once y media de la noche. Inesperadamente, Artemio dijo:

—Ahora en la mañana, al salir para la chamba, vi que en la barda del panteón hay tremendo boquete. Me llamó mucho la atención… creo que se ve desde aquí —y se asomó por la ventana.

—Sería bueno entrar a visitar a los muertitos —dijo Vicente en broma.

—No creo que te atrevas a entrar al panteón a estas horas —comentó Lila.

—¡Claro que me atrevo! —exclamó fanfarrón Vicente.

—Pues vamos los cuatro —sugirió Artemio.

—¡Están locos! —dijo Violeta mostrando cordura.

—¡A las doce, vamos! —afirmó Artemio levantando su vaso con vodka y agua quina, y paseando su mirada por sus amigos y su esposa.

—Irán ustedes, porque yo me quedo a cuidar a los niños —dijo seria, Lila.

Como conclusión de esta descabellada alegata, quedaron en que Artemio y Vicente irían a las doce de la noche al interior del panteón, aprovechando el hueco que había en la pared. La plática continuó tenebrosa y al dar cinco para las doce, Artemio, decidido, dijo:

—¡Vamos! —y se sirvió un vodka con hielo y quina.

—¡Pues vamos! —completó Vicente y llenó también su vaso.

Así, armados de valor y sendos tragos, bajaron la escalera, cruzaron la casi desierta avenida y

entraron al panteón por el boquete. Lo hicieron cautelosos, temiendo más a algún cuidador del panteón o policía, que a las manifestaciones sobrenaturales de los espíritus o a las almas en pena que pudieran vagar entre las lápidas y los mausoleos.

Caminaban sigilosamente. Se detuvieron un momento, vieron su reloj, chocaron sus vasos levemente y brindaron emocionados. Habían dado las doce. Se oyó a lo lejos el tañido de una campana; el cúmulo de cruces se diluía en la distancia; el viento movía los árboles y producía un sonido suave; las nubes oscuras eran transportadas por el viento y por momentos tapaban la luna llena; ni una palabra. Los intrusos bohemios caminaron otro poco y se sentaron en una tumba austera que tenía una pequeña cruz. Leyeron su epitafio que rezaba: "Extrañaré siempre a mi querida esposa. R. I. P." Volvieron a brindar.

—Es impresionante la calma de un panteón –dijo Vicente–. Pensar que debajo de todas estas lápidas hay cadáveres de hombres, mujeres, niños... Cada dueño de estos cuerpos tuvo una historia... ¡Lo que nos podrían contar!

El viento se hizo un poco más intenso y sonoro, las nubes taparon la luna y se volvió todo más oscuro. Quizá las copas ingeridas les proporcionaban calma y valor, y los dos amigos disfrutaban plácidamente el momento a pesar de que la luna se había ocultado por completo, la neblina se había hecho más densa y la lobreguez había sentado su señorío. De pronto, comenzaron a oír ruidos como de pisadas de alguien que se aproximaba a ellos. Tensos, contuvieron el aliento. Voltearon hacia el lugar del que provenían aquellos ruidos y lograron distinguir una silueta que parecía diluirse en la neblina y perderse entre las cruces de las tumbas. Era como una sombra espectral que se movía de manera extraña y sostenía algo en la mano.

El miedo se apoderó de ambos amigos. Repentinamente había cesado el efecto tranquilizador del alcohol y, conforme ese ser fantasmal se aproximaba, el miedo se iba transformando en pánico; no sabían si dar otro trago a sus bebidas o echar a correr, y los latidos de sus corazones se habían acelerado.

—¿Quién vive? —articuló Vicente con voz insegura.

Nadie contestó y la silueta se siguió aproximando. Ya muy cerca la pudieron ver claramente.

—Es un borracho que apenas puede caminar —dijo Vicente.

—Buenas noches compas —dijo el borrachito arrastrando las palabras.

—Buenas noches —le contestaron—. ¿Qué andas haciendo por aquí?

—Vine a decirles ¡salud!, pero ya se me acabó el traguito; ¿me podrían echar un poco aquí? —alargó el brazo mostrando una pequeña botella aplanada—. Los vi entrar al panteón por el hoyo y me fijé que traían chupe… y pos quise

brindar con ustedes. Miren, mi anforita ya está vacía.

Vicente y Artemio, de sus vasos, le echaron un poco de bebida a la botella del borrachito, que dijo llamarse Pedro.

—¡Por la amistad! —exclamó Pedro.

—¡Por la amistad! —dijeron a dúo los otros y tomaron sendos tragos.

—¡Pero qué susto nos metiste, compa!

—Ustedes han de disculpar… En este cementerio está enterrada mi esposa, pero no sé bien en qué tumba. A lo mejor es en ésta en la que se sentaron… ¡Salud!

Apuraron sus tragos hasta ver el fondo de los recipientes y emprendieron rápida retirada. Una vez afuera del camposanto, se despidieron. Artemio y Vicente observaron cómo Pedro se alejaba trastabillando y haciendo eses. Al volver con sus esposas relataron su aventura con el aparecido del panteón San Rafael.

TERROR

IRREFRENABLE

GILDA RINCÓN

El autobús iba de *Neza* a Otumba, pasando por muchos pueblos. En uno de ellos, un carpintero y su acompañante hicieron la parada. Traían consigo un ataúd de tosca madera que el primero debía entregar en Otumba, y llevaba a su compadre para que lo ayudara en la maniobra.

Era un camión de los que la gente llama *guajoloteros*, pues en ellos se permite llevar bultos, mercancías o animales, acomodados en el techo.

Pues sucedió que, como no había más lugar, los nuevos pasajeros subieron también al techo del camión, junto con el cajón que transportaban, y aunque eso sí está prohibido, los conductores lo permiten, con tal de cobrar unos pasajes más.

Así iban, cuando empezó a llover. El carpintero le dijo a su compadre:

—Compadrito, no se moje, métase en el cajón.

El otro así lo hizo y, en aquella oscuridad, se quedó dormido. Al rato un pasajero bajó del autobús y el carpintero aprovechó para pasar al interior del camión, y así no irse mojando. Dejó a su compadre arriba, al fin que iba calientito y no se mojaba.

Un pueblo adelante, ya la lluvia había cesado, dos pasajeros más aceptaron viajar en el techo. Se subieron, y se acomodaron lejecitos del ataúd, preguntándose con respeto si iría lleno o vacío.

Así iban. Empezó a anochecer, y los pobres pasajeros ya no hablaban, del miedo que los fue invadiendo, cuando de pronto el compadrito, que había dormido suficiente, despertó y, entreabriendo la tapa del cajón, sacó un brazo con la mano extendida:

—¿Ya no llueve, compadrito?

…los dos pasajeros se arrojaron del camión en marcha.

TRES AMIGOS A PRUEBA[11]

VALENTÍN RINCÓN

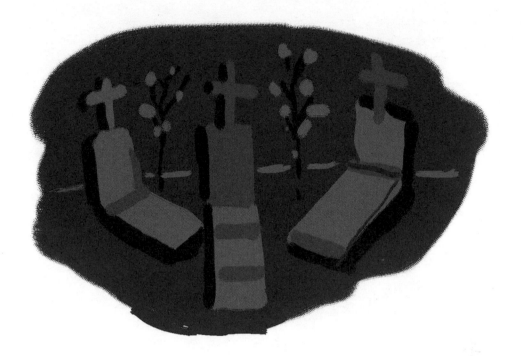

or tradición llega a nosotros esta impresionante historia cuyos hechos ocurrieron en un pequeño poblado del sureste del país, a fines del siglo XIX. Se trata de tres jóvenes que estaban por finalizar sus estudios de secundaria: Agustín, jocoso y dicharachero; Francisco, serio, y Dagoberto, nervioso y dado a creer en supersticiones.

Eran muy amigos y casi siempre recorrían juntos el camino hacia su escuela, que estaba en la ciudad y, al hacerlo, pasaban cerca del rústico panteón de su pueblo. En cierta ocasión, Agustín, para burlarse de la forma de ser del temeroso Dagoberto, empezó a referirse a algunos rumores que corrían por la comarca acerca de que en la noche, en las cercanías del panteón, se veían unas luminosidades con forma humana que flotaban y se movían desplazándose de un lugar a otro; según la gente del pueblo, eran almas en pena de los difuntos ahí sepultados.

---

[11] Platicado por mi padre, Valentín Rincón Coutiño.

—Pues yo no creo que eso sea verdad —declaró Francisco—; son consejas y supersticiones de la gente.

—Han de ser mentiras —dijo Dagoberto por no quedarse atrás.

—¿Te atreverías a venir hoy en la noche para salir de dudas? —preguntó retador Agustín a Dagoberto.

—¡Claro que me atrevería! —contestó fanfarroneando Dagoberto.

—No, no creo que te atrevas… Se te caerían los pantalones de miedo —insistió Agustín.

—¡El que no se atrevería eres tú! —agregó Dagoberto, un tanto molesto.

—Ya, no discutan —terció Francisco—. Vamos viniendo los tres hoy en la noche…

—¡Órale!, me parece bien. Y el que no se atreva es chiva! —interrumpió regocijado Agustín.

Y así, platicando del tema, convinieron en plantarse los tres en el punto del camino desde el que se ve el cementerio, a las doce de la noche y, uno por uno, por turnos, acercarse hasta tocar la puerta de entrada del mismo. Para demostrar que habían llegado hasta esa puerta tenían que dejar un papel con su nombre, clavado en una de las vigas que la enmarcaban.

Efectivamente, esa noche los tres amigos se reunieron y acudieron al lugar convenido, provistos de hojas de papel con sus nombres, clavos y martillo.

Corría un viento frío y las ramas de los árboles, al moverse, emitían rumores siniestros. La luna llena permitía vislumbrar desde ahí, aunque confusamente, la vieja puerta del cementerio.

Le tocó en suerte a Agustín ser el primero en cumplir el compromiso. Cogió la hoja con su nombre, el martillo y un clavo, los guardó en su abrigo y tomó rápidamente la vereda hacia el cementerio. Desde el estratégico sitio, sus amigos observaron que llegaba, ejecutaba la acción convenida y retornaba.

Siguió en turno Francisco, quien, tranquilo, serio y muy seguro de sí mismo, cumplió eficazmente su cometido.

Aunque hacía esfuerzos por disimularlo, era evidente que Dagoberto estaba cada vez más temeroso y nervioso. Trataba de ocultar su miedo cubriendo con su capa parte de su rostro. Al tomar hoja, clavo y martillo, este último se le cayó, pues las manos le temblaban. Sin embargo, se sobrepuso, lo recogió y emprendió el camino hacia la puerta del cementerio.

Dagoberto era muy valiente pues luchaba con denuedo contra su propio terror, pero al mismo tiempo sufría. Creía ver sombras macabras y escuchar voces lúgubres y fantasmales. Por fin llegó hasta la puerta del panteón. Su nerviosismo lo hacía sudar frío y su capa no lo calentaba. Tomó rápidamente la hoja con su nombre, el clavo y el martillo, y clavó con premura. Lo que quería era huir.

Al emprender la retirada, advirtió que alguien lo jalaba de la capa. Aterrorizado, volvió un poco la cabeza y miró de reojo. No vio a nadie. Quiso huir y nuevamente sintió el jalón. Presa del pánico, sintió que su corazón se detenía y se derrumbó. Sus amigos, que lo observaban desde lejos, al verlo caer acudieron en su auxilio. Lo encontraron sin vida y se percataron de que Dagoberto, al clavar la hoja con su nombre, en su nerviosismo, había clavado también su capa.

Personaje

El escritor Dante Rodríguez está indeciso sobre el curso
de su novela, concretamente sobre el destino
de uno de sus personajes: "¿Mataré a Sonia Montañez?",
se pregunta. Esa noche, en su sueño, aparece Sonia,
quien le ruega que no la mate. Sin embargo, al día siguiente,
al continuar su creación, Dante decide matarla.
En el sueño de esa noche, Sonia Montañez emerge de ultratumba,
lo amenaza y le dice que se ha de vengar. "Qué extraño sueño",
piensa él cuando despierta.
En los días siguientes, conforme avanza la novela,
cada vez que Dante Rodríguez escribe sobre el recuerdo de Sonia,
siente un malestar opresivo en el corazón.
Casi todas las noches Sonia se aparece y refuerza su amenaza.
Al terminar de escribir la novela, Dante Rodríguez
sufre un infarto mortal.
Por cierto, quien esto escribe, anoche soñó
a Dante Rodríguez...

Valentín Rincón

EL CADEJO [12]

GILDA RINCÓN

Al oeste del estado de Chiapas se extiende el valle de Cintalapa. En tiempos pasados existió en él una fábrica de hilados y tejidos llamada La Providencia, y como a tres leguas de ésta, perdido en una zona boscosa, el caserío de El Carmen. La fábrica ya no existe, el caserío no lo sé. Cuenta don Rafa, hombre de ochenta y tantos años, que allá en su adolescencia, viviendo en El Carmen, tenía la tarea de llevar todos los días la comida a su padre, que trabajaba en la fábrica. Esperaba a que éste comiera, escuchando de él las novedades de la casa y las del camino, que era una brecha a través del monte.

Uno de tantos días se entretuvo más de la cuenta observando a unos peones que jugaban cartas bajo una palapa, de modo que cuando acordó, ya iba cayendo la tarde. Se despidió y emprendió

¹² Relatado por el señor Rafael Tort.

la caminata, no sin antes ajustarse a la cabeza la lámpara de carburo que siempre llevaba para esos casos, y echarse al hombro el rifle que también acostumbraba portar, no porque temiera algún mal encuentro, pues eran tiempos pacíficos, sino por si se atravesaba algún animal, conejo, pava de monte, etcétera, para llevarlo a la casa y enriquecer el menú.

Ya había oscurecido cuando iba a la mitad del camino y, de pronto, empezó a oír ruidos detrás de él, como de pasos sobre las hojas secas, o roce de un cuerpo en la maleza. Se volvió y enfocó la linterna, y vio un par de *candiles* verdes —esto es los reflejos fluorescentes de los ojos de los animales cuando se les echa una luz—. Calculó por su altura y la separación entre uno y otro, que correspondían a un animal grande; un venado, se dijo; becerro no, porque a esa hora y en ese lugar no podía andar el ganado. Así que alzó el rifle, apuntó y disparó, y los candiles se apagaron. Oyó el ruido de un cuerpo pesado al caer.

Regresó muy contento a cobrar su presa, pensando en su buena suerte —la carne de venado es un manjar muy apreciado—. Pero no había ningún animal en el lugar donde tenía que haber estado. Lo buscó en vano, así que tuvo que seguir su camino sin presa alguna. "Lástima —pensó—, debo de haberlo herido solamente y ya se me escapó la oportunidad."

De nuevo en marcha, volvió a oír el ruido de pasos que lo seguían. "Qué extraño", pensó, y volteó de nuevo. Esta vez alcanzó a ver la silueta de un venado y le volvió a disparar. Otra vez oyó y vio caer al animal, pero cuando llegó al lugar donde tenía que haber estado, se había esfumado. Comenzó a sentir miedo.

Una y otra vez los ruidos lo seguían y, ya con pánico, él disparaba, hasta que se le acabó el parque. Echó a correr tropezando a veces, y oyendo siempre tras de sí la presencia del animal que lo seguía de cerca, hasta sentir encima su resuello pavoroso.

Avistó finalmente las luces de El Carmen, y el ruido de las pisadas se fue alejando. Llegó a su casa desfallecido, tiritando aunque sudaba, y al relatar a los suyos la aventura, éstos le dijeron:

—Seguro era el Cadejo.[13]

Fiebre y pesadillas lo atormentaron durante semanas, y cuando ya convalecía, al verlo tan desmejorado, sus padres adelantaron la fecha en que de por sí iban a enviarlo a la capital a estudiar, y así lo libraron de tener que efectuar nuevamente el recorrido en el que sufriera aquella terrible e inexplicable experiencia.

---

[13] El Cadejo es el diablo, que puede tomar la forma de cualquier animal o persona.

LOS BOHEMIOS

MIGUEL ÁNGEL PALACIOS RINCÓN

F ieles a la vieja costumbre, aquella vez nos reunimos algunos de la palomilla, y buscando un tema de conversación caímos en el del temor a alguna situación particular, que, hasta hoy, cada uno mantenía en secreto.

Ariosto nos impresionó al confiarnos que su temor más grande se refería a la posibilidad de ser enterrado vivo por error. Su charla parecía tan seria que nos impresionó gravemente y sentimos compasión por él. Empezó a tomar copa tras copa como si ya estuviera embargado de terror y tratara de huir de él por el camino falso del alcohol.

Casi inconsciente lo llevamos a su cuarto del viejo hotel con estructura de madera, en el que todos estábamos alojados, en aquella fría e histórica ciudad de Los Altos de Chiapas.

Quedó tendido en su cama de cedro, pero en la noche cayó al suelo e impelido por el clima helado rodó debajo de la cama con faldones de madera.

Cuando el efecto del licor había disminuido considerablemente, en la madrugada, intentó levantarse para ir al baño; pero su frente chocó sonoramente con las tablas de la cama. No sabía qué había sucedido y para indagar alargó los brazos… Las manos también chocaron ahora con los faldones de la cama… Sorprendido, levantó las manos cuidadosamente y tocó la madera de nuevo; buscó en el piso y, ¡sorpresa!, era de madera. Pensó que estaba en un ataúd. ¡Lo que siempre había temido! Y llenando de aire sus pulmones lanzó un alarido que partió en dos el silencio de la noche:

—¡Me enterraron vivo! ¡Sáquenme de aquí! ¡Sólo estoy borracho!…

La respuesta fueron el silencio y la oscuridad.

El segundo grito fue aún más potente y gracias a él vislumbró un tenue rayo de luz que le envió la puerta de la habitación al abrirse. Apareció, molesto, el encargado del hotel.

—Señor, tenga la bondad de guardar silencio, por respeto a los que duermen.

Promesa

**Mi amor: prometo visitarte
por las noches más a menudo
que cuando vivía.**

Valentín Rincón

JUANITO

GILDA RINCÓN

Mi amiga Margarita[14] me contó la historia que ahora yo les cuento:

Vivíamos en Chiapa de Corzo, pero íbamos a mudarnos a Tuxtla Gutiérrez. Fuimos a despedirnos de Chonita, nuestra vecina. Ella es una mujer entrada en años, gorda y amable, que vende amuletos de ámbar, de *ojo de venado*, de pata de conejo y otros algo raros; receta cocimiento de hierbas, cura de espanto, soba para curar torceduras.

Cuando nos disponíamos a subir al auto, nos atajó:

—Llévense a Juanito, háganme el favor.

Sorprendida, le pregunté:

—Y ¿quién es Juanito? —pues nunca vi a nadie que viviera con ella, ni chico ni grande.

—Ah, Juanito es un muchachito, sólo que no lo pueden ver. Pero es muy simpático y travieso.

---

[14] Margarita Robles Micelli.

Yo no quería seguirle la corriente a Chonita —soy un poco miedosa, y sin tomarla en serio, sin embargo... mejor cortar por lo sano—, pero Fernando, mi esposo, le contestó divertido:

—Y ¿por qué quiere que nos lo llevemos?

—Él quiere irse con ustedes.

—Nos lo llevemos pues —contestó.

—Tienen que invitarlo con amabilidad a que suba al coche, si no, no les hará caso.

—Está bien —aceptó Fernando, ya entrado en el juego—. Súbete al coche, Juanito, ten la bondad, te llevaremos a Tuxtla con nosotros.

No pasó nada, y emprendimos el camino. Llegamos a nuestra nueva casa y... empezaron a pasar cosas extrañas: un sofá que acabábamos de acomodar en la sala se corrió un poquito sin que lo tocáramos. Una lámpara de pie amenazó con caerse, pero antes de que la pudiéramos detener, se enderezó sola.

Empecé a asustarme. El colmo fue en la noche. Dormíamos rendidos de vaciar cajas y colocar objetos en su lugar, cuando la sábana se empezó a jalar sola.

—¿Fuiste tú que me quieres asustar? —pregunté.

—¿Yo? Si estaba durmiendo, me despertó el jalón de la sábana.

Y a pesar de que deteníamos la manta entre los dos, sentíamos que nos la jalaban fuertemente. Ahí sí que ya no aguanté y le reclamé a mi marido:

—¡Ya lo ves!, por jugar con lo que no conocemos. ¡Mañana mismo devuelves al tal Juanito con doña Chonita!, ¿para qué lo trajiste?

Y la sábana se jaloneaba como si alguien, enojado, la estrujara.

No bien amaneció, Fernando sacó el coche del garaje, y abriendo la portezuela de atrás invitó, todo lo amable que pudo, a Juanito a entrar por ella. Cerró la puerta suavemente. Cogimos camino a Chiapa. Yo no hablaba, no quería ni respirar. Ya frente a la casa de doña Chonita, tocamos, y cuando salió, le dijimos:

—Aquí le traemos de vuelta a su Juanito.

La señora se moría de risa:

—Está bueno pues. Ya extrañaba yo sus travesuras.

Regresamos a Tuxtla. Nunca ha vuelto a pasar nada fuera de lo normal.

Encuentro inesperado

El hombre caminaba
por un sendero paradisiaco
cuando se encontró con la bellísima
mujer de sus sueños.
—¡Dime que no estoy soñando!
—exclamó.
—No, quien está soñando soy yo,
tú eres mi pesadilla
—contestó ella y despertó.

Valentín Rincón

EL AHIJADO DE LA MUERTE[15]

· · · · · · · · · · · · ·

HNOS. GRIMM
(ADAPTACIÓN DE VALENTÍN RINCÓN)

Un hombre muy pobre que a duras penas ganaba para mantener a sus doce hijos recibió, de labios de su esposa, la pésima noticia para él de que iban a tener el hijo número trece. El hombre admitía su incapacidad de ganar lo suficiente para la manutención de su crecida prole y, a partir de ese momento, estuvo cavilando sobre cómo resolver su situación. Pensó entonces buscarle un buen padrino al hijo que vendría.

Una vez que el niño nació, el hombre, quien sólo tenía pocos y muy pobres amigos, salió a la calle pensando pedir al primero que apareciera que apadrinara a su retoño.

Al poco de andar, encontró a alguien y, después de saludarlo, le preguntó:

—¿Quién eres?

—Soy Dios, pero dime, amigo, ¿qué andas haciendo por aquí?

—Busco un padrino para mi hijo, pero perdona que no te escoja a ti, porque siendo Dios, has creado hombres demasiado ricos y otros tan

15 Recopilado por los hermanos Jakob y Wilhelm Grimm. Versión de Valentín Rincón.

pobres que sufren inmensas penurias y congojas. No me parece que seas justo.

Dios, viendo tan apurado al hombre, no quiso entrar en complicadas explicaciones y prefirió dejarlo seguir su camino.

—Pues te bendigo, buen hombre; que realices tu deseo.

El hombre siguió andando y se topó ahora con el diablo, quien lo saludó *amistoso* y, después de conocer sus deseos, se ofreció para ser el padrino que daría a su ahijado inmensa riqueza, bienestar y éxitos.

—No te escojo de compadre, porque sé que después de dar a mi hijo lo que ofreces, al final de su vida te cobrarás con su alma.

—Pues sigue tu camino y allá te lo haya; espero que no te arrepientas —dijo el diablo y desapareció dejando un fuerte olor a azufre.

El hombre continuó su marcha y se encontró con una mujer huesuda y con el rostro cubierto con un velo negro. Interrogada, la mujer dijo ser la Muerte.

—A ti te pido que seas la madrina de mi hijo, pues eres justa: tratas por igual a todos y lo mis-mo acoges en tu regazo a ricos que a pobres, a niños que a señores, a reyes que a esclavos; y a cualquier ser animado, sea cual fuere su estirpe, lo llevas a tu reino.

—Acepto amadrinar a tu hijo, buen hombre. No te arrepentirás, pues le daré felicidad, bienestar y celebridad. Aquéllos que me tienen de su lado son afortunados.

El hombre fijó la fecha y lugar del bautizo, y la Muerte prometió estar ahí. Una vez que llegó el día señalado y con la asistencia puntual de la Parca se celebró la ceremonia. La madrina partió y prometió velar por su ahijado Tomás, como llamaron al crío, y visitarlo de vez en cuando.

Pasaron algunos años en los que, si bien la familia de Tomás siguió siendo pobre, no sufrió apuros extremos. Tomás, quien había estudiado medicina con la invisible ayuda de su madrina, había terminado su carrera y era ya un joven médico.

Cierta vez se presentó su madrina y le pidió que la acompañara a un bosque cercano. Una vez ahí, le dijo:

—Ahora te voy a hacer el regalo que te tengo reservado.

Y tras arrancar con cuidado una extraña planta, se la dio y agregó:

—Con el jugo de esta planta podrás curar a cualquier persona del mal que le aqueje, sea cual fuese, y le devolverás prontamente la salud. Aun cuando todos digan que la enfermedad de tu paciente es incurable, tú conjurarás su peligro. Puedes confiar totalmente en la eficacia de esta planta, pues es infalible. Pero he de decirte que hay una condición ineludible: cuando te llamen a atender a un enfermo, al llegar a él me verás ahí; sólo tú podrás verme, pero fíjate bien: si me ves del lado de sus pies, puedes darle el jugo de la planta y el enfermo sanará; pero si me ves del lado de su cabecera, no intentes curarlo, pues ya me pertenece. ¿Has comprendido?

—Sí, madrina —respondió Tomás—, te agradezco el regalo y obraré como tú me señalas.

—Más vale que siempre recuerdes mis instrucciones, porque si me desobedeces, te puede ir muy mal —concluyó la Parca, le dio un frío beso y se fue.

Tomás sembró en su patio la planta, la cuidó esmeradamente, y con su jugo pudo curar a un sinnúmero de enfermos. Al cabo de algún tiempo y de cumplir fielmente las advertencias de su madrina, se había convertido en el médico más famoso y rico de la comarca y de sus alrededores. De varios lugares cercanos y lejanos acudían en busca de sus milagrosas curaciones, y solamente en contados casos él decía: "Tiene un mal incurable, no puedo hacer nada".

Su familia vivía holgadamente.

Un día acudieron a él para que atendiera al rey, a quien aquejaba un mal que ningún otro médico había podido conjurar. Tomás se congratuló de la gran oportunidad que se le presentaba para acrecentar, después de curar al rey, su fama y su riqueza, apelando al agradecimiento del monarca que con seguridad surgiría. Cuando fue conducido al lecho real, vio con desagradable sorpresa que su madrina estaba justo al lado de la cabecera del enfermo.

Entonces pensó: "No puedo desaprovechar la oportunidad de lograr los favores del rey… debo curarlo. Mi madrina se enojará mucho, pero yo suplicaré su perdón y, ya que soy su ahijado, no podrá negármelo". Pensando de esta manera, le dio el jugo de la misteriosa planta al rey, quien al instante se sintió sano, feliz y altamente complacido.

Tomás logró su objetivo, mas al llegar a su casa se encontró con su temible y enfurecida madrina que lo esperaba con tal semblante que lo hizo estremecer. Ella le dijo:

–¡Me desobedeciste y recibirás tu castigo!

Temiendo lo peor, Tomás suplicó:

–¡No me lleves, te lo ruego! ¡Soy tu ahijado, apiádate de mí! ¡No pude resistir la tentación de curar al rey y obtener sus favores!

–Sí podías, pero fue demasiada tu ambición. Sin embargo, esta vez, ¡sólo esta vez!, porque eres mi ahijado, te perdono, pero no vuelvas a contrariar mis mandatos porque si lo haces, ten por seguro que no tendrás más mi indulgencia.

–No lo volveré a hacer, madrina.

La fama del médico Tomás creció enormemente. Era amigo y médico del rey y vivía en la opulencia.

Por frecuentar el palacio real, conoció a la hija del monarca, la princesa Romelia, cuya hermosura no era igualada en todo el reino. Al paso del tiempo Tomás se había enamorado vehementemente de Romelia y ella parecía corresponderle. Un día la princesa enfermó gravemente y el preocupado rey pidió al médico que la curara, y prometió que si lo hacía, le otorgaría su mano y una parte del reino. Tomás acudió presto a ver a la enferma, sintió que la sangre se le helaba y las piernas le flaqueaban cuando vio a su madrina en la cabecera de su amada. La joven yacía casi desmayada, pálida y su respiración apenas se percibía.

–¡Cómo puede ser esto! –se lamentaba–. ¡Ahora que iba a lograr la felicidad plena y la realización de mis más ardientes deseos!

Ciego de amor, pensó que si una vez su madrina lo había perdonado, otra vez lo haría. Confió en poder convencerla nuevamente y lograr su indulto arguyendo que su amor era tan grande que no podía dejar morir a su adorada. Esquivando la mirada penetrante de su madrina y sin pensarlo más, dio a beber el jugo salvador a Romelia, quien de inmediato recuperó su rozagante frescura y su salud. El rey no cabía de gozo y abrazó a su hija y al médico. El ambiente se tornó festivo. Tomás ya no veía a su madrina y por el momento la había olvidado. Pero cuando llegó a su casa, ella lo esperaba más furiosa que la primera vez. Él clamó:

–¡Perdóname madrina, el amor que siento por Romelia es tan grande que me impulsó a salvarla sin que yo pudiera hacer lo contrario!... ¡Recuerda que soy tu ahijado!

–Eres un mal ahijado, pues me desobedeciste. Te advertí que si yo estaba del lado de la cabecera de algún enfermo, éste ya era mío y tú no le debías dar el brebaje sanador. ¡Ahora ha llegado tu turno!

–Eres mi madrina. Perdóname, apiádate de mí. Déjame vivir la vida que ahora me sonríe.

–¿Te sonríe? Cuán equivocado estás.

Diciendo esto, la Muerte asió a Tomás fuertemente por un brazo y lo condujo casi a rastras a una enorme cueva subterránea que apareció en el monte. En el interior del antro se veían millones de velas encendidas de diferentes tamaños. Algunas se extinguían mientras que surgían otras nuevas y encendidas que parecían brotar del suelo.

–¿Qué es esto? –preguntó asombrado Tomás–. ¿Por qué me hiciste venir aquí?

–Todas estas velas son las vidas humanas. Su tamaño muestra lo que a cada persona le queda por vivir. Casi todas las más pequeñas son las de los ancianos, y las grandes, las de los niños.

Tomás se quedó extasiado contemplando ese inmenso mar de luces. De pronto preguntó:

–¿Y cuál es la mía?

–Es ésta –contestó la Muerte, y le señaló una vela casi extinta, con su pabilo a punto de apagarse.

–¡No dejes que se apague! –suplicó desesperado Tomás, sintiendo una fuerte opresión en el corazón–. ¡Haz algo, recuerda que eres mi madrina y debes velar por mí… Coloca una vela grande debajo de la mía para que con el mismo fuego se encienda la nueva! ¡Si así lo quieres te devolveré la planta milagrosa para no caer más en tentación, pero permite que disfrute mi vida ahora que puedo ser esposo de la bella Romelia y aun llegar a ser rey!

–Eso es imposible –dijo implacable la Parca–, también mi poder tiene un límite.

En ese instante la vela se apagó y Tomás cayó en brazos de la Muerte, su madrina, a quien había traicionado.

Azares del destino

Habría querido ser
un laureado escritor,
un prominente científico
o un pintor genial;
pero en realidad, no soy nadie:
los que iban a ser
mi papá y mi mamá
nunca se conocieron.

Valentín Rincón

APARICIONES EN EL ZAPOTAL

VALENTÍN RINCÓN

Hace muchos años, allá en Chiapas, un señor llamado Melitón Gutiérrez había comprado un rancho productor de leche y quesos en las afueras de Tuxtla, donde ya no llegaba el pavimento ni la luz eléctrica. El rancho se llamaba El Zapotal. Era hermoso, con una casa grande donde bien podía vivir una familia, además, una especie de bodega donde guardaban el tractor y algunos costales con granos, tres chozas para trabajadores, una planicie que se veía cruzada por un incipiente arroyo que en tiempo de sequía carecía de agua, establo para algunas vacas, corral para dos caballos, y varios árboles de chico zapote, entre otras cosas.

El rancho se lo compró a un joven abogado que lo había heredado, pero que no tenía ningún interés en habitarlo ni trabajarlo, por ser él *totalmente citadino*.

Don Melitón, su esposa doña Guadalupe y sus dos hijos adolescentes, Roberto y Rosaura, se fueron a vivir ahí. Todo iba bien, la relación con los peones era buena, el rancho comenzó a funcionar normalmente, y diario mandaban en burro los productos lácteos a Tuxtla.

Sin embargo, al poco tiempo, empezaron a escuchar por las noches una especie de aullido que se mezclaba con el silbido del viento. Era parecido a una voz humana aguda, como de mujer pero que a veces se enronquecía.

—No hagan caso —dijo en cierta ocasión don Melitón a su familia—, debe de ser el sonido del viento que últimamente ha estado bravo.

Pero a la semana siguiente, una noche en que se percibía muy fuerte el ulular, Guadalupe se asomó por la ventana y vio algo blanco que flotaba y se mecía al ritmo del viento. Era como una gasa enorme, y la mujer creyó ver ahí cierta forma humana que se movía lentamente.

—Debe de ser la niebla —dijo don Melitón cuando al otro día su esposa, asustada, le contó lo que vio.

Durante dos noches no hubo viento ni aullido alguno; pero a la siguiente noche, Guadalupe, que tenía el sueño muy ligero, volvió a escuchar el ulular del viento y los aullidos parecidos a quejas. Se asomó a la ventana y vio claramente varias imágenes etéreas con formas humanas que flo-taban por la explanada de enfrente. Entonces fue a despertar a su marido y ambos se asomaron a la ventana…

—¡Ah carajo…! —dijo Melitón—. ¡Voy a salir!

Melitón apresuradamente cogió su escopeta y salió de la casa. El viento había amainado, pero había una niebla sumamente espesa. La luna llena por momentos alumbraba y Melitón, desde la terraza, vislumbró a un hombre corpulento y viejo como a diez metros de distancia.

—¿¡Quién es usted!? —le gritó.

El hombre no respondió y caminó acercándose a Melitón. Éste le apuntó con la escopeta.

—¿¡Quién es usted!?, ¿¡qué hace aquí!? —volvió a gritar Melitón.

El hombre no respondió. Melitón hizo un disparo al aire para amedrentar al hombre. En eso, surgió una ráfaga de viento frío y se escuchó un aullido escalofriante. El hombre ya no estaba. Melitón buscó inútilmente. El hombre había desaparecido.

Al otro día Melitón y su familia buscaron huellas o algún otro indicio que arrojara luz sobre lo acontecido, pero nada; no había nada extraño.

El suceso se fue olvidando. La vida en el rancho continuó normal y, cerca de un mes después, fue a Roberto a quien le ocurrió algo perturbador: se levantó muy temprano, aún de noche, para ir a la ordeña con su padre y, al salir de la casa, vio abajo del palo de mango a un hombre corpulento, o más bien una sombra corpulenta rodeada de neblina, la cual empezó a sacudir el árbol hasta hacer caer casi todos los mangos que pendían de él. Después la sombra desapareció. Lo que hacía más sorprendente este suceso era que dado el grosor del árbol no era posible zarandearlo para hacer caer los frutos.

Rosaura algunas noches oía que tocaban a la puerta de su recámara y, cuando acudía y abría, no veía a nadie, pero escuchaba pisadas de alguien que se alejaba corriendo.

Melitón relató todos estos hechos insólitos a Ramón, el más viejo de los peones, y éste le dijo:

—Dese por afortunado, patrón. Cuando hay espantos en una casa es porque hay enterrado en el patio un tesoro. Yo ya sabía de esas apariciones pero no les quería decir pa' no asustarlos. ¿Por qué cree que los peones sólo trabajan de día y no quieren ir a la ordeña?... Aquí, en El Zapotal, es seguro que hay tesoro: hace mucho vivieron en este rancho unas gentes así de ricas, y cuando la revolución, llegaron los alzados, y dicen que no encontraron nada de mucho valor. Los que vivían aquí seguro habían enterrado sus riquezas pensando huir y volver cuando hubiera pasado la bola,

pero los alzados no les dieron tiempo… ¿pos no los mataron a'i nomás?... Los aparecidos han de ser las almas de los antiguos dueños, que rondan por aquí cuidando su tesoro.

Melitón, por no dejar, se consiguió un aparato raro que dizque detectaba metales enterrados, se lo prestó su sobrino Carlos quien le había dicho: "Mire tío, usté nomás le pone pilas y recorre sus terrenos rodándolo. Nomás no olvide apretar este botón. Si se enciende este foquito, seguro que hay metales enterrados". Melitón, al cabo de diez meses, ya había recorrido casi todo su rancho sin encontrar otra cosa que algunos fierros oxidados.

Seguían ocurriendo sucesos raros y sorprendentes. Los aullidos de vez en cuando hacían de las suyas, por las noches se veían sombras y luminosidades extrañas, se escuchaban rechinidos escalofriantes y se sentían presencias vagas. Melitón y los jóvenes, hasta cierto punto, se habían acostumbrado a ellas, y no temían gran cosa, pero Guadalupe vivía aterrorizada. Se acostaba temprano, se levantaba tarde y pasaba la mayor parte del tiempo encerrada; padecía insomnio, había bajado de peso y se veía pálida. Entonces, decidieron vender El Zapotal.

Melitón aún tenía la esperanza de encontrar el tesoro, lo que le permitiría tener el dinero suficiente para modernizar un poco su rancho y comprar algunas vacas. Sin embargo, y como era comprensible, se había solidarizado con su mujer.

Los jóvenes hermanos acudían a la secundaria que quedaba cerca de El Zapotal. Gilberto, joven talentoso y con facilidad para las artes plásticas, primo de Roberto, había enseñado a éste y a Rosaura el arte de moldear figurillas de barro. De las orillas del arroyo obtenían un barro de excelente calidad. Habían construido un pequeño horno en el que cocían tortuguitas, elefantes, muñecos, diablos y una variedad interminable de figuras que demostraban su incipiente vocación de escultores. Ésta era una de tantas razones por las que los jóvenes no se querían ir de El Zapotal. Sin embargo, se tenían que marchar y librarse así de apariciones fantasmales, sonidos lúgubres, presencias inquietantes y con ello, del pavor que sufría su madre y la enfermaba.

Un día, Roberto dijo:

—Antes de que el rancho se venda, construiré un horno más espacioso, allá, en la zanja de atrás de la casa, porque quiero hacer muchas figuras y más grandes que las que hemos hecho.

—Yo te ayudo —dijo Rosaura, y se pusieron a escarbar con pico y pala en la pared de la zanja de atrás. De pronto el pico dio con algo que sonó a madera hueca. Escarbaron con cuidado y se sorprendieron grandemente. ¡Lo que estaba ahí enterrado era un gran cofre de madera! Llamaron a sus papás y a Ramón. Rápidamente desenterraron aquel arcón, lo abrieron y descubrieron en él una considerable cantidad de monedas de oro y joyas antiguas de apariencias diversas. ¡Habían encontrado un verdadero tesoro!

En los siguientes meses, se percataron de que los sucesos escalofriantes habían dejado de ocurrir. Cambiaron los anuncios de venta de rancho por otro de venta de joyas.

Con los recursos que obtuvieron al vender el valioso hallazgo, pudieron hacer más productivo el rancho, repartieron una parte del dinero a los peones y, lo más importante, los habitantes de El Zapotal se libraron de hasta el último asomo de temor o de zozobra.

Tal parecía que los fantasmas hubieran dicho: "Nuestra riqueza ya fue empleada y nos libramos del extenuante trabajo de cuidarla".

TÍO AURELIANO

Y MAMÁ PINITA

GILDA RINCÓN

Contábamos historias de aparecidos. Mi padre recordaba las consejas que cuando muchacho oía de sus mayores, y que por ello las creía, ya que siempre eran reforzadas con un "no es cuento, yo mismo lo vi", o algo semejante.

En la provincia, nos decía mi padre riendo, los muertos, como los vivos, existen más plácidamente que en las grandes ciudades, llenas de prisas y desasosiego. Allá se vive despacio, se muere uno despacio, y hasta parece que los muertos no tienen prisa en irse, y se quedan todavía rondando y haciendo memoria de las cosas que no pudieron completar; y si dejaron alguna, ahí están sus deudos o sus amigos, y si no, algún vecino, para llegárseles de noche y rogarles que terminen aquel asunto que dejaron pendiente en su reposado vivir. "Oigan, si no —seguía diciendo mi padre—, las historias de mi tío Aureliano y de mi mamá Agripina, Pinita de cariño."

Mi tío Aureliano, hermano de mi madre, era hombre recio, valiente, y con fama de jugador, parrandero y enamorado.

No obstante que mi abuelo fuera enérgico como todos los padres de entonces, mi tío se las ingeniaba para escaparse con los amigos a echarse sus tragos y hacer pelear a sus gallos, que criaba y cuidaba con orgullo.

Que si era valiente lo manifiesta la siguiente anécdota:

Mamá Pinita tuvo un día la ocurrencia de jugarle una broma inocente: tomó uno de esos calabazos a los que en Chiapas –donde ocurrieron estos hechos– llaman pumpos, y que tienen por el medio un pronunciado acinturamiento, y le cortó una tapa en la parte más pequeña, de manera que podía ponérselo como sombrero, pues embonaba bien en su cabeza. En la bola grande del pumpo recortó artísticamente dos redondos ojos, dos fosas nasales y una boca de amplia y horripilante sonrisa. Pegó después a aquella cara de calabaza, por dentro, un papel de china rojo y, para completar el efecto, se puso sobre la coronilla, y bajo el pumpo así compuesto, un candil de hojalata con una vela encendida. Se ensabanó de cabeza a pies, y se agazapó tras unos macizos de palenques, que son una especie de lirios de hermosas flores rojas.

Poco antes de esconderse, mandó a un chiquillo de la finca a avisar a su hermano Aureliano "que sus gallos se estaban peleando" allá en el galerón donde los guardaba, segura de que aquella noticia iba a hacerlo salir disparado y venir a separar a sus animales antes de que se lastimaran, lo que en efecto consiguió. El tío Aureliano sale corriendo hacia el dormidero de los gallos, cuando de la sombra de los palenques va emergiendo, despacio, espiritual y blanca, la figura del fantasma. Mamá Pinita era alta, y agréguese que traía una cabeza extra sobre la suya. Aquel fantasmón de ojos sangrientos se puso frente a él cerrándole el camino. El hombre fuerte retrocedió y echó a correr, hasta meterse de nuevo en su casa.

Ah, cómo se reía mamá Pinita de su hermano y de la tremenda espantada que le había dado.

…No le duró el gusto. De la casa volvió a salir el tío Aureliano, esta vez armado de imponente machete, y se dirigió, con actitud amenazante, derecho al pobre espanto que, esta vez sí muerto, pero de miedo, se empezó a desintegrar ante sus ojos: por un lado voló la sábana, y por otro fueron a estrellarse el pumpo y el candelero, que se apagó, mientras la bromista, a toda carrera gritaba: "¡No me mates, Aureliano, soy tu hermana, soy yo…!"

El tío Aureliano vuelve casi de madrugada

En otra ocasión, continuaba narrando mi padre, sí lo espantaron de veras.

Sería casi la una de la mañana, cuando el tío regresaba a su casa: venía de alguna aventura, o quizá del juego, donde le había entrado la noche

sin advertirlo, y ahora temía el seguro sermón de su padre, quien no le permitía llegar a esas horas. Para ir a su casa se pasaba por un solar vacío, algo como el atrio de una iglesia que ahí se levantaba. Antes se acostumbraba, ya ustedes saben, enterrar a los muertos en el patio de la iglesia, que se convertía así en panteón. Al pasar por ahí, vio a una mujer sentada en los escalones de la iglesia. "Lo que es el amor —dijo para sí— a esa mujer no le infunden ni temor los muertos, con tal de esperar a su amante en estos sitios apartados." Y ya iba pasando de largo cuando la mujer aquella lo llamó por su nombre: "¡Aureliano!" Al oír aquella voz, un escalofrío inexplicable le invadió el cuerpo. Quiso echar a correr, pero los pies se le habían puesto como de plomo, mientras la voz aquella, que no parecía de este mundo, seguía llamándolo: "¡Aureliano, Aureliano!" Cayó mi tío al suelo presa de terror, y desde ahí, mientras intentaba irse, arrastrándose, vio venir hacia él a la mujer, que se había incorporado de las gradas de la iglesia, ¡y qué espanto no le daría mirar que aquella figura no tenía pies que se asentaran en el suelo!

Como atado en su sitio, tuvo que dejar aproximarse a aquel ser hasta él, y se vio forzado a oír lo que le decía:

"Aureliano, ¿no te acuerdas de mí? Soy Asunción, la que vivía en el callejón del mercado; la que vendía dulces, ¿no te acuerdas? Te estaba esperando para pedirte un favor: fíjate que al morir dejé una deuda que quiero pagar. Le debía quinientos pesos a mi comadre Tencha, que me los iba prestando poco a poco durante el año, y luego en diciembre yo se los pagaba con algún interés. Este año no llegué a ver saldada mi cuenta, porque no viví ya para eso. Y ahora mi familia no quiere reconocer la deuda, pues yo no les había contado de ella, y creen que mi comadre quiere aprovecharse de mi muerte. Mi comadre es muy pobre, ése es su único dinero, y yo no tendré paz hasta que sepa que esos centavos le han sido devueltos. Dilo en mi casa, te lo ruega un alma en pena." Y le dijo además dónde había guardado el dinero que era para pagar la deuda.

Cuando pudo levantarse del suelo, mi tío se fue, tambaleante, a su casa. Tocó la puerta, y mi abuelo, que lo esperaba guardándole una fajiza de aquellas, le fue a abrir. Tío Aureliano, que se había recargado en la puerta, resbaló y quedó tendido en el piso. Ya iban a lloverle los cintarazos del abuelo, que lo creía perdido de borracho, cuando éste advirtió que a su hijo le salía espuma por la boca.

Viéndolo así enfermo, ya no lo castigó, sino que afligido llamó para que lo ayudaran a socorrerlo. Tardó en recobrarse y volver a hablar, y contar de la aparición que había presenciado.

—¿Y pagó aquella gente la deuda de la muerta? —preguntó uno de los oyentes.

—Así debe de haber sido —respondió mi padre—, porque ya nunca volvió a aparecérsele la mujer aquella a mi tío Aureliano… Ahora que como él tampoco vive ya, seguro que le estará reclamando el tremendo susto que le dio aquella noche.

LE
YEN
DERO

Leyendas y relatos de misterio

terminó de imprimirse en 2014
en los talleres de Editorial Impresora Apolo, S. A. de C. V.
Centeno 150-6, col. Granjas Esmeralda, del. Iztapalapa,
C. P. 09810, México, D. F.
Para su composición se usaron
las fuentes Clarendon e ITC Tifany.